la collection de poche des éditions Zulma

Le Charme des après-midi sans fin

« J'ai toujours lu parce que cela me permettait de quitter mon lit étroit dans cette chambre de mon adolescence. Je suis allé ainsi partout, dans des lieux exotiques comme dans des siècles disparus. J'aimais, depuis l'enfance, suivre les traces de mon ami, le Chat botté. Ou à l'adolescence des Trois Mousquetaires. Plus tard, j'ai voyagé sur les ailes de l'émotion. Me glisser à l'intérieur des personnages afin de vivre les fortes émotions qui les traversent. Et j'ai vite découvert que c'était une expédition autrement risquée. Circuit cahoteux qu'un cœur amoureux qui passe de l'enthousiasme le plus fou au désespoir le plus noir. Mais j'ai écrit aussi pour voyager. Le voyage de l'écriture. Cette impression de pénétrer dans une jungle sans savoir quel animal nous observe, quel danger nous guette. »

DANY LAFERRIÈRE
Journal d'un écrivain en pyjama

Dany Laferrière est né en 1953 à Port-au-Prince. Depuis son premier roman, *Comment faire l'amour avec un nègre sans se fatiguer*, salué par une reconnaissance immédiate, il construit une œuvre qui lui a valu son élection à l'Académie française.

Du même auteur chez Zulma

L'ODEUR DU CAFÉ
LE CRI DES OISEAUX FOUS
LE GOÛT DES JEUNES FILLES
PAYS SANS CHAPEAU
COMMENT FAIRE L'AMOUR AVEC UN NÈGRE
SANS SE FATIGUER ?

DANY LAFERRIÈRE
de l'Académie française

LE CHARME DES APRÈS-MIDI SANS FIN

ZULMA
18, rue du Dragon
Paris VIe

Couverture : David Pearson.

RÉGION
NORMANDIE

Si vous désirez en savoir davantage
sur Zulma ou sur *Le Charme des après-midi sans fin*
n'hésitez pas à nous écrire
ou à consulter notre site.
www.zulma.fr

Z

À Melissa :
un monde qu'elle ignore totalement
et qui est pourtant celui de son père.
C'est ça aussi le voyage.

Si l'on est d'un pays, si l'on y est né, comme qui dirait natif-natal, eh bien on l'a dans les yeux, la peau, les mains, avec la chevelure de ses arbres, la chair de sa terre, les os de ses pierres, le sang de ses rivières, son ciel, sa saveur, ses hommes et ses femmes...

JACQUES ROUMAIN

PREMIÈRE PARTIE

Les préparatifs

RICO

Rico m'a dit que la fête se fera chez Nissage, samedi après-midi. Je le savais déjà par ma cousine Didi.

— N'en parle à personne, me lance Rico en se dirigeant vers le marché.

La mère de Rico vend des robes au marché. Des robes qu'elle confectionne elle-même. Ses clients sont pour la plupart des paysans des environs de Petit-Goâve. Ils descendent en ville vendre leur café, et remontent quelquefois avec une robe pour leur femme. La mère de Rico coud de jolies robes, simples et colorées, qu'elle étale par terre, juste devant elle. Je la vois toujours assise sur une minuscule chaise. Il arrive qu'un client réclame la robe qu'elle est en train de terminer. Dans ce cas, elle demande au client d'aller faire un tour et de revenir dans une dizaine de minutes, le temps de faire l'ourlet. Des fois quand le tissu manque, la mère de Rico n'hésite pas à ajouter un morceau de tissu de couleur différente. Il lui arrive aussi de faire une robe avec cinq morceaux de tissu de couleurs différentes (souvent des couleurs très vives). Heureusement qu'elle ne demande pas trop cher pour ces robes bariolées. Cela permet aux paysans les moins fortunés de rapporter quelque chose à leur femme.

Rico va retrouver sa mère chaque jour, après l'école. Elle lui achète tout de suite, chez la commère Victoire, un plat assez copieux (banane, hareng, maïs moulu, pois rouges en sauce) qu'il doit manger sur place avant de rentrer à la maison faire ses devoirs. Du marché jusqu'au pied du morne Tapion où Rico habite, cela représente une bonne demi-heure de marche par la grand-route. Mais Rico préfère longer la mer, et il lui faut alors quarante-cinq minutes pour arriver à la maison. Sa mère n'en sait rien puisqu'elle ne quitte le marché que vers six heures du soir.

Rico déteste manger au marché. Il a peur d'être vu par quelqu'un qu'il connaît. Un élève de sa classe ou, pire encore, une fille. La honte, quoi ! Alors, il mange toujours très vite et parfois, quand je l'accompagne, il s'arrange pour me refiler une bonne part de son plat. Moi, je n'ai pas ce problème. J'adore manger ainsi, au marché, au milieu de tout ce monde. Je suis moi-même étonné de me voir engloutir toute cette nourriture (la mère de Rico ne lésine pas sur la quantité), alors qu'à la maison, Da doit se fâcher pour que j'avale la moindre bouchée. À vrai dire, je crois que je passerais bien ma vie sans manger, si c'était possible. Je parle des repas à la maison, bien entendu. C'est simple, j'aime tout ce qu'on me défend de manger. Près de l'école Maurice-Bonhomme, il y a cette femme, Izma, qui vend des repas chauds, le midi, eh bien, j'y vais chaque fois que je peux soutirer quelques sous de Da.

CHEZ IZMA

Da me défend formellement (Da dit toujours ça : « Je te défends formellement de faire ci ou ça ») de manger chez Izma parce qu'il paraît que le fils d'Izma est atteint de tuberculose. On le voit toujours assis tout seul au fond de la cour, près de cette petite cabane, légèrement plus grande qu'une niche de chien. Il est vraiment très maigre. Je dirais même squelettique. On voit clairement tous ses os. Je n'arrive pas à le regarder en face. Ses dents pourtant n'ont pas maigri, et elles occupent la moitié de son visage. On les voit même quand il essaie de fermer sa bouche. Ses grands yeux noirs semblent ne rien voir. Malgré tout, il y a des gens qui font croire à Izma que son fils va mieux, ces temps-ci. L'aveuglement d'une mère. Peut-être qu'Izma (son sourire est toujours triste) essaie simplement d'être gentille avec ceux qui tentent de la réconforter d'une manière ou d'une autre.

Da n'est pas la seule à s'inquiéter d'une possible épidémie. Un inspecteur du service d'hygiène est déjà venu voir Izma. Mais Izma n'a pas à s'en faire, dit-on, puisque chaque samedi le capitaine envoie un prisonnier, le gros Philibert, chercher son repas chez elle. On dit même que le capitaine a déjà refusé un poste qui l'aurait obligé à quitter Petit-Goâve, effrayé à l'idée de perdre le poisson en sauce d'Izma. Personne ne conteste le fait qu'elle est bien la meilleure cuisinière de Petit-Goâve. On se demande simplement pourquoi elle n'envoie pas son fils se faire soigner à l'île de la Tortue. Beaucoup de personnes sont revenues complètement guéries d'un séjour au sanatorium de l'île. La réalité c'est qu'Izma refuse de se séparer de son fils, même si ça risque de contaminer la ville. Selon Thérèse, un enfant malade qui vit entouré de sa famille a de meilleures chances de s'en sortir. C'est vrai, répond Da, mais ça nous avance à quoi si pour sauver le fils d'Izma, on contamine toute la ville. Si les gens savent ce que c'est que la tuberculose, et s'ils ont cette peur bleue d'une épidémie, alors pourquoi cette foule, chaque midi, au comptoir d'Izma ? La main d'Izma est-elle bénie ?

Connaît-elle le secret des épices ?

Izma a travaillé pendant plus de vingt ans chez les Martinez. Les Martinez ont leur magasin sur la grand-rue, juste en face des casernes. C'est là, paraît-il, qu'elle a appris à faire la cuisine. Da dit que ça ne peut pas être vrai puisque bien avant qu'Izma aille travailler chez les Martinez, elle était la coqueluche de Petit-Goâve. D'ailleurs, c'est à cause de son talent, surtout pour son poisson en sauce qui a fait perdre la tête au capitaine, que les Martinez l'ont fait venir chez elles. Elles sont trois sœurs. Le père fut brièvement ambassadeur au Brésil, sous la présidence de Sténio Vincent. Il est mort, il y a trois ans, à Petit-Goâve, en pleine messe de huit heures, au moment de la consécration. Les filles ont hérité de sa fortune. Aucune des trois ne s'est mariée. Personne ne semble assez bon pour elles, à Petit-Goâve. Thérèse affirme que si Izma a quitté cet emploi lucratif, c'est tout simplement parce que les demoiselles étaient devenues insupportables. La pauvre Izma a dû connaître l'enfer, certains jours, en vivant avec ces vierges hystériques dans cette vaste maison sans même une odeur d'homme, a conclu Thérèse. Da n'a rien répondu, évitant comme toujours de se mêler de la vie privée des gens, mais on peut deviner à son quart de sourire qu'elle partage amplement le point de vue de Thérèse. De plus, ajoute Thérèse, un peu stimulée par le sourire de Da, les demoiselles Martinez (comme tout le monde les appelle) ont des goûts culinaires nettement différents l'une de l'autre. On ne peut même pas leur servir le dîner en même temps puisqu'elles ont des heures de repas complètement différentes. Mademoiselle Zuléma ne peut pas sentir ce plat étrange (intestins et sang de bœuf) dont mademoiselle Zette raffole. Quant à mademoiselle Venise (le nom de la ville où elle a été conçue), elle mange dans sa chambre, entourée de sa collection de poupées de porcelaine (une bonne centaine). Chaque fois qu'Izma devait lui apporter à manger, mademoiselle Venise exigeait qu'elle se lave les aisselles au savon avant de se présenter à sa porte. Elle ne la laissait pas pénétrer dans sa chambre sans l'avoir vaporisée de son parfum favori, *L'Heure Bleue* de Guerlain. Un jour, Izma a fini par quitter cette maison où elle était pourtant à l'abri des besoins matériels (oh, il y a aussi cette manie qu'avait mademoiselle Zuléma de la pincer au bras presque jusqu'au sang chaque fois qu'elle la croisait près de l'escalier) pour s'établir à son compte dans une mansarde près de l'école Maurice-Bonhomme ; Izma a ouvert tout de suite cette cantine avec l'argent patiemment économisé durant toutes ces années passées chez les Martinez. Elle a simplement cloué sur la porte un morceau de carton où c'est écrit : Chez Izma. Au début, le restaurant n'ouvrait que le week-end, à partir du vendredi soir, avec un seul plat au menu : un savoureux poisson gros-sel avec une banane verte, une branche de cresson, suivi de maïs moulu chaud accompagné d'une large tranche d'avocat. Et ce fut un succès immédiat. Même quand son fils est tombé malade, les affaires ont continué à progresser. Elle a fait construire une petite cabane, à l'arrière de la maison, où vit maintenant son fils.

FIFI

Je rentre à la maison en remontant la rue Dessalines jusqu'à l'École nationale des filles où j'ai vu Fifi (Joséphine), la sœur d'Abner. J'ai un peu peur d'elle. C'est une vraie tigresse. Elle affronte n'importe qui. Il ne se passe pas une journée sans qu'elle ne soit mêlée à une bagarre avec quelqu'un de l'École nationale des garçons. Elle va les provoquer jusque devant leur école. Et quand l'un d'eux accepte de se battre, elle l'emmène sous le gros tamarin (cet arbre aux fruits si savoureux) derrière le lycée. Faut dire que la moitié des bagarres, elle les fait pour défendre l'honneur de son frère. C'est vrai qu'Abner est une poule mouillée, et que les autres profitent un peu trop de sa couardise. Nous, les gars, il nous faut tout un rituel avant la bagarre. Cela débute généralement par une insulte assez précise impliquant la mère ou la sœur de l'autre. Ensuite, nous traçons une ligne de démarcation (rappelant la frontière de deux pays voisins s'apprêtant à entrer en guerre) que les adversaires ne peuvent franchir sous peine de représailles. Entre-temps, quelqu'un parmi la petite foule qui accompagne toujours les belligérants doit s'assurer qu'il n'y a aucun adulte, surtout aucun professeur, dans les parages. Après toutes ces précautions, un type de la foule ramasse une poignée de poussière puis se place entre les combattants. À un moment donné, l'un donne une chiquenaude à la main du type au milieu et, du même coup, lance la poussière au visage de son adversaire. Ce n'est qu'à ce moment que la bagarre peut commencer. Il est interdit de se servir de ses pieds ou de ses dents sous peine de se faire traiter de fillette. C'est un rituel qui remonte à l'époque coloniale, selon le notaire Loné. Mais Fifi n'obéit à aucune de ces règles. À peine arrivée sous le tamarin, elle saute à la gorge du pauvre gars, et les deux roulent déjà dans la poussière. Un hurlement strident, signe de douleur aiguë, se fait aussitôt entendre, signalant que Fifi est en train d'arracher les couilles du gars. Un gars qui s'attaquerait aux couilles d'un autre se ferait traiter de tous les noms. Fifi, elle, d'instinct plonge toujours vers les parties sensibles de son adversaire, et rate rarement sa cible. C'est pourquoi les types, tant qu'ils peuvent, évitent de l'affronter. Il n'y a qu'une façon de le faire, c'est de traiter Abner comme s'il était un prince. Ce qui est humainement impossible. Le problème, c'est qu'Abner se retrouve toujours dans nos jambes. Si on organise un match de football sans inclure Abner dans une équipe (celui-ci, bien sûr, confond son pied droit avec le gauche), aussitôt Fifi débarque sur le terrain pour invectiver tout le monde. Moi, je n'ai pas de problème avec Fifi, ou plutôt si, mais c'est un problème d'un autre ordre. Fifi est amoureuse de moi. Fifi m'aime. C'est ma cousine Didi qui me l'a appris dernièrement. Et depuis, j'évite de passer devant l'École nationale des filles, ou tout autre endroit où je suis susceptible de la rencontrer. Et là maintenant, je viens de voir Fifi sortir de l'école. Elle se retourne vivement et regarde dans ma direction comme si son instinct l'avait avertie de ma présence. Je me cache promptement derrière le camion de Gros Simon. Légype et une équipe d'hommes aux muscles puissants sont en train de décharger une cargaison de farine chez Abraham. M'a-t-elle vu ? Je tente un coup d'œil. Elle parle à Edna, cette fille qui habite près de la Croix-Jubilée. On dirait qu'elle sent une présence. Elle regarde exactement vers moi. Je sais bien qu'elle ne peut pas me voir à cette distance, pourtant je me cache encore derrière le camion. J'ai comme l'impression qu'elle sait que je suis là. De temps en temps, tout en conversant avec Edna, elle regarde de mon côté, comme quelqu'un qui vient d'être piqué par un anophèle. Je n'ai aucune raison de me cacher d'elle. Elle ne me veut aucun mal. Au contraire. Mais j'ai peur de la façon dont elle me regarde. Ses yeux se posent à peine sur moi que, déjà, ils me brûlent par leur feu intense. Même à cette distance, je sens cette chaleur. Une vraie fournaise. Pourquoi m'aime-t-elle ? Je ne comprends pas. Je sais pourquoi j'aime Vava. Parce que c'est elle. C'est elle qu'il faut que j'aime. Elle est tout. Mais moi, pour quelle raison quelqu'un peut-il m'aimer ? Je ne vois pas. Je cherche avidement, et je ne vois rien à aimer chez moi. Je n'aime pas mes bras, ni mes coudes, ni mes oreilles, ni surtout mes genoux cagneux. Ah, voilà Abner ! Fifi lui passe le bras autour du cou, et ils se dirigent vers la Croix-Jubilée. Edna attend sûrement quelqu'un. Elle reste seule sur la galerie de l'école. Fifi partie, la voie est enfin libre.

LE SECRET

Je passe devant l'École nationale des filles. Edna ouvre grand les yeux en me voyant.

—Fifi vient juste de partir.

—Je ne cherche pas Fifi, je réponds un peu brusquement.

—Va faire croire ça à d'autres, lance-t-elle en riant.

Je poursuis un moment mon chemin pour revenir sur mes pas.

—Qu'est-ce que tu veux dire ?

Edna éclate de rire. S'il y a quelque chose que je déteste le plus au monde, c'est sûrement quand les filles se mettent à rire sans raison.

—Tu ne m'as pas répondu, Edna.

—Je t'ai déjà dit ce que tu voulais savoir. Tu sais que tu peux encore la rattraper si tu cours. Elle vient juste de partir avec Abner.

—Moi, je te dis que je ne cherche pas Fifi.

Elle se met à rire de nouveau.

— Vas-tu me dire ce qui te fait tant rire ? je lance d'un ton exaspéré.

Son visage devient subitement très grave.

— C'est pas ce que Fifi m'a dit.

— Et qu'est-ce qu'elle t'a dit ? je demande un peu trop avidement.

Elle vient de m'attraper au bout de sa ligne. Un léger sourire flotte sur le visage d'Edna.

— Pourquoi je te le dirais ? Fifi est mon amie, et c'est un secret.

— Si c'est un secret, je vais tout savoir dans un moment alors.

Je me démène comme une sardine au bout de l'hameçon.

— Comment ça ?

— Vous les filles, vous ne gardez pas longtemps un secret.

La voilà piquée au vif. Quel idiot je suis ! Elle ne voudra plus rien me dire maintenant.

— C'est vous les garçons qui ne savez pas garder un secret.

Nous nous regardons dans les yeux. Visages fermés.

— D'accord, tu as raison, Edna… Qu'est-ce qu'elle t'a dit ?

Elle prend une courte respiration.

— Elle m'a dit… Oh, tu me prends vraiment pour une imbécile.

— Je comprends maintenant, dis-je en m'en allant, tu n'as rien à dire. Tu as inventé tout ça pour une seule raison…

Je ralentis légèrement le pas tout en espérant la réplique. Comme je vois faire Da au marché. Elle lance toujours un dernier prix à la marchande tout en s'en allant. Elle évite surtout de se retourner, et me demande de le faire à sa place. Je dois lui dire tout ce que fait la marchande : si elle nous regarde ou si elle nous a oubliés pour s'occuper d'une autre cliente. Si je lui dis qu'elle nous regarde, alors Da me serre la main fortement tout en faisant une courte prière à saint Jude, le patron des cas désespérés. Et brusquement, elle m'annonce que la marchande va la rappeler à l'instant, et sept fois sur dix, elle a raison. C'est ce que je fais toujours, sauf pour la prière que Da ne m'a pas encore apprise, mais je gagne seulement quatre fois sur dix. Cette fois, par exemple, je n'ai pas l'impression qu'Edna ait mordu à l'hameçon. Je commence déjà à accélérer le pas.

— Quelle raison ?

Je prends tout mon temps pour revenir vers elle.

— Qu'est-ce que tu dis ?

— Tu as bien entendu, lâche-t-elle brutalement.

— Moi, je vais toujours droit au but, dis-je, je ne suis pas comme toi qui fais tout un mystère pour la simple raison que…

— Je t'écoute, dit-elle froidement comme pour me mettre au pied du mur.

— Voilà, si tu m'as arrêté sur mon chemin, Edna, c'est parce que tu espères voir arriver Frantz.

Un temps. Elle reste bouche bée. Elle ne s'attendait pas à ce que je devine son plus secret désir.

— Tu es vraiment fou. Tu dis n'importe quoi, jette-t-elle enfin d'une voix blanche de rage.

— Avoue que j'ai raison, Edna.

Elle fait un immense effort pour cacher son trouble.

— Fifi m'a dit que tu la suis partout.

C'est moi qui ris maintenant.

— Et tu crois ça, Edna ?

Elle me regarde droit dans les yeux.

—Alors pourquoi tu te caches quand tu la vois ?

—Moi ? Me cacher ? Tu ne sais pas ce que tu dis !

—On t'a vu derrière le camion tout à l'heure.

C'est à mon tour de perdre la voix.

—Je ne me suis pas caché.

—Tu ne t'es pas caché, siffle-t-elle avec un brin de mépris dans le ton.

—Non… Oui… Je me suis caché parce que je ne voulais pas qu'elle me voie.

—On t'avait vu bien avant que tu nous voies.

—Je ne veux pas discuter avec toi parce que tu es de mauvaise foi. Tu sais très bien que c'est Fifi qui me cherche partout.

—C'est pas ce que j'ai vu.

Je fais quelques pas avant de faire feu une dernière fois, sans me retourner.

—Frantz sera sur le wharf, ce soir, si c'est ce que tu voulais savoir.

—Je le savais, dit-elle calmement.

Je continue mon chemin, tête baissée.

LE SACRIFICE

Da est assise sur la galerie, le visage fermé.

—Où étais-tu ?

—Avec Rico.

—Et tes devoirs ?

—On n'a pas de devoirs, Da.

—Comment ça ?

Je suis sûr qu'il est arrivé quelque chose. Quand Da est de cette humeur, c'est que c'est grave.

—Da, c'est la semaine de prières pour que le bienheureux Jean-Marie Robert de La Mennais devienne vénérable.

—Ah oui, il n'était pas encore vénérable, celui-là…

Da se verse une tasse de café. Elle regarde d'un œil méfiant le gros nuage noir suspendu au-dessus de Jacmel.

—Augereau est passé.

Je le savais. Da me tend une grande enveloppe jaune.

—Tu vas aller voir le notaire Loné, et tu lui demanderas de ma part ce que tout cela veut dire.

Je me lève pour partir. Quelque chose me retient. Je sens que Da est triste. Je n'ai pas envie de la laisser seule dans cet état. Finalement, je m'assois sur la galerie, près de la grande balance à café. Da évite de me regarder. Elle pense. De temps en temps, quand elle croit que je la vois, elle mord doucement la pointe de son mouchoir.

La vieille Cornélia (elle est si frêle dans sa robe noire qu'on a l'impression que le moindre vent pourrait l'emporter) traverse la rue pour se rendre chez Mozart acheter de l'huile à lampe. Elle prend un temps infini pour parcourir un trajet qui ne me prendrait même pas dix secondes. Elle n'a plus que les os et la peau, mais étonnamment sa voix est restée grave et ferme.

—Regarde Cornélia, dit Da sur un ton presque amer, maintenant non seulement elle se pose toutes sortes de questions inutiles à haute voix, la voilà aussi qui commence à faire les réponses à ses propres questions. La vieillesse, Vieux Os, c'est quand tu fais les questions et les réponses.

—C'est parce qu'elle est seule, Da.

—Oui… Mais moi, je ne suis pas seule, tu es là avec moi, c'est pour ça que les vieux parlent toujours avec les enfants, ils ont peur de rester seuls à se poser des questions et à faire les réponses. Tu comprends ça, Vieux Os ?

Je n'aime pas quand Da parle ainsi. Je n'aime pas ça du tout. Quand il n'y a pas de nuages noirs à l'horizon, alors c'est une tout autre Da. Elle est légèrement moins grande que moi, mais quand elle est en forme, elle me dépasse un peu parce qu'elle se tient très droite, le nez pointé vers le haut, comme pour lancer un défi au ciel : « C'est moi, Da, lance-t-elle fièrement, je serai toujours Da quoi qu'il arrive. Da restera toujours Da. Je ne changerai jamais. » Et ça me fait toujours rire. Je me roule sur la galerie, et je lui demande de recommencer. Alors, elle me toise d'un air hautain et s'en va en gardant son port de princesse du Xaragua. Je me remets à rire. Même Marquis se réveille pour lancer quelques aboiements joyeux et sonores avant de replonger dans son sommeil.

Aujourd'hui, c'est un jour nuageux. Ce gros nuage noir au-dessus de nos têtes. Da se sert une nouvelle tasse de café, c'est qu'elle va parler.

— Tu vois ça, Vieux Os, dit-elle en me montrant l'enveloppe jaune, c'est la dernière chose dont j'aurais pensé qu'elle puisse m'arriver. Ton grand-père a hypothéqué la maison, et maintenant il est mort, me laissant, sans un sou, au milieu de la tempête… Mes enfants sont à Port-au-Prince. Et puis je ne veux pas les embêter avec ça, ils ont déjà assez de soucis. Me voilà, seule, au cœur de la tempête…

— Je suis là, Da.

Elle me jette un faible sourire.

— Je sais, mon chéri, je sais… Si je ne t'avais pas, je ne sais pas vers qui je me tournerais. Des fois, je me sens si lasse…

— Pourquoi a-t-il fait ça, grand-père ?

Da semble réfléchir. Personne dans la rue depuis un bon moment. Même pas un maigre chien. On n'entend que le brouhaha des débardeurs en train de travailler sur le wharf. *Le Hollandais* vient de jeter l'ancre.

— Je parle comme ça, dit Da, mais ma vie n'a pas été si mauvaise avec cet homme. Ton grand-père... C'est vrai qu'il avait des défauts. Il aimait les femmes. (Elle se tourne vers moi pour me jeter un regard si aigu que je me demande si elle sait vraiment à qui elle parle. Je dis ça parce qu'elle s'adresse indifféremment aux morts comme aux vivants.) Mais c'était quelqu'un de fondamentalement bon.

— Da ?

— Oui, Vieux Os ?

— Grand-père et toi...

Elle se met à rire franchement, m'empêchant de terminer ma question.

— Qui aurait cru que cet homme était timide, dit-elle en jetant un bref coup d'œil vers le gros nuage noir qui vient de quitter Jacmel pour foncer droit sur Petit-Goâve. Cela lui a pris deux ans pour m'adresser la parole. Chaque samedi, quand il finissait de travailler avec son père à la balance de Petite-Guinée, il s'empressait de seller son cheval pour venir me voir à Boucan-Bélier. C'est un petit village assez loin d'ici, à environ deux heures de route. Il arrivait et partait tout de suite à la chasse aux perdrix avec mon jeune frère Hiram. Au retour, il sellait rapidement son cheval, et repartait pour Petit-Goâve. Ma mère ne manquait pas de demander à Hiram ce qu'il avait dit, s'il avait fait une allusion quelconque à moi ou à des fiançailles, et chaque fois Hiram répondait invariablement que ton grand-père lui avait parlé longuement de ses problèmes avec la Maison d'export Bombace du fait que le gouvernement venait de fixer le café à un prix trop bas.

Marquis vient de bouger son oreille droite, c'est qu'il sent la présence d'un ennemi. J'essaie de savoir ce qui l'a mis en état d'alerte, tout en continuant d'écouter Da. Rien. Aucun bruit inaccoutumé. Aucun chien à l'horizon. Même pas un canard. Pourtant je ne doute pas un instant du flair de Marquis. J'écoute donc plus attentivement. Un lointain grondement, à peine audible. Quel est cet animal ? Ah oui, c'est le camion de Gros Simon en train de grimper la pente raide du morne Tapion. Depuis que la voiture noire de Devieux est passée sur les reins de Marquis, le laissant pour mort sur le côté de la route (il a gardé de cet accident une démarche de marquise revenant de l'église), celui-ci a développé une haine tenace de l'automobile.

— Mon père était déjà mort, continue Da (on dirait qu'elle s'adresse à d'autres gens à travers moi), et c'était Hiram, mon jeune frère, l'homme de la maison. Le problème c'est qu'Hiram était encore plus timide que ton grand-père. C'est ma mère, exaspérée, qui a fini par lui parler, quoique ce n'était pas du tout convenable à l'époque. Ma mère lui a carrément demandé dans quel but il venait ici, et ton grand-père a bredouillé quelque chose à propos des perdrix. Ma mère a éclaté de rire, ce qui a embarrassé encore plus ton grand-père. Et elle lui a lancé, en regardant sa prise du jour (deux perdrix), si c'était pour deux malheureuses perdrix qu'il avait fait toute cette route. Ton grand-père a fini par dire qu'il avait pensé à autre chose, tout en sellant son cheval, cet après-midi-là. Et pratiquement sans dire au revoir, il a vite fait de lancer son cheval au grand galop sur le chemin du retour. Ma mère avait peur de l'avoir trop effarouché et qu'il ne revienne plus. En effet, la semaine suivante, il n'est pas revenu, mais son frère Edmond est arrivé avec la lettre de demande en mariage.

—Oh, Da, c'est une belle histoire !

—C'était courant à l'époque. Ton grand-père venait d'une famille illustre. Ma mère pensait que ma fortune était faite, mais le père de ton grand-père, Charles, était un homme honnête mais dur, surtout avec ses enfants. Il en avait plus de soixante. Il ne voulait rien léguer à ses fils. Sa fortune (plusieurs terres arrosées disséminées un peu partout dans la région, quelques maisons à Petit-Goâve, et une guildive près de Miragoâne) allait à ses filles. Les hommes, disait le vieux Charles, n'avaient qu'à travailler. Il a tenu parole. Et pour bâtir cette maison, nous avons passé cinq ans avec un morceau de sel blanc sous la langue pour toute nourriture. Nous l'avons bâtie avec notre crachat et notre sang. Moi-même (Da retrousse ses manches pour me montrer fièrement ses bras), j'ai travaillé avec les ouvriers.

Da semble fatiguée. La rue toujours déserte. Une mouche trône sur le museau mouillé de Marquis. Je profite de cette accalmie pour m'assoupir un peu.

La voix reprend plus forte qu'avant.

—Et là j'apprends que cette maison n'est plus à nous depuis longtemps. Et tu sais pourquoi ? Ton grand-père l'avait hypothéquée pour payer le voyage de ses filles à Port-au-Prince. Il ne voulait pas les voir végéter à Petit-Goâve. Il a tout à fait raison sur ce point, mais avec ça, je n'ai plus un toit sur ma tête. Pourtant c'est moi la veuve.

—Moi non plus, Da, je n'ai plus de toit, dis-je sur un ton plutôt excité. On va partir à l'aventure. Tu feras la couture et on pourra vendre tes robes sur notre chemin.

—Et toi, Vieux Os ?

— Moi, je t'amènerai des clientes.

— C'est un travail qui te prendra tout ton temps, Vieux Os.

— Bien sûr, Da. C'est un travail très dur. À nous deux, Da, on pourra ramasser une petite fortune assez rapidement. Je suis prêt à me mettre un grain de sel sous la langue, chaque matin, afin de mettre de côté tout l'argent qu'on aura gagné pour pouvoir payer la maison le plus vite possible... Mais, toi, Da, ne t'inquiète pas, tu auras toujours ton café.

— Je ne suis pas inquiète pour ça, dit Da avec un sourire. Comment feras-tu pour aller à l'école si tu es tout le temps sur la route ?

— Mais, Da, je quitterai l'école.

— Ah, c'était ça, dit Da en éclatant de rire pour la première fois aujourd'hui depuis qu'elle a reçu cette grande enveloppe jaune.

Moi aussi, je ris.

TROIS MANGUES

— Va souper, me dit Da, et après tu iras chez le notaire Loné.

J'ai trouvé dans le garde-manger trois bonnes mangues bien mûres. L'odeur a failli m'étourdir. J'ai placé les mangues dans une cuvette blanche à moitié remplie d'eau. Par la fenêtre, je vois Oginé dans le parc communal en train de soigner le cheval de Fatal. Le parc est vide, ce qui est étrange à cette heure. Ils doivent être sur le terrain de football, derrière le lycée, en train d'assister à l'entraînement de Tigre Noir. Le championnat débute dans une semaine. À cette heure-ci, mes copains ont l'habitude de remplir le parc de leurs cris. Et je mange toujours avec des fourmis partout dans le corps, ne pensant qu'aux jeux, aux rires et aux éclats de joie qui m'attendent avant que Da ne m'appelle pour faire ma toilette, enfiler mon pyjama. Elle me demande ensuite de venir la retrouver sur la galerie jusqu'à ce qu'il soit l'heure d'aller au lit. Ça, c'était l'année dernière, autant dire il y a un siècle. Cette année, j'ai le droit d'aller sur le wharf (au cœur de l'affaire). J'avais complètement oublié l'entraînement de Tigre Noir (mon équipe). Ils sont tous là-bas. On n'entend pas un bruit. Sauf de temps en temps, la voix d'Oginé essayant de calmer la bête. Ainsi que le bruit du vent dans les feuilles. Ce sont vraiment de bonnes mangues, bien juteuses, bien en chair, avec un minuscule noyau. Rien ne sent aussi bon qu'une mangue presque trop mûre. Avec des taches noires sur la pelure. Ce qui est pratique avec la cuvette d'eau, c'est qu'on peut laver ses mains au fur et à mesure qu'on dévore les mangues. Il y a deux façons de manger des mangues. En les épluchant avec un couteau pour éviter de se salir les mains, comme fait tante Renée. Ou en se lançant dans un corps à corps avec le fruit, l'attaquant de tous côtés, buvant son jus, dévorant sa chair, se salissant le bras jusqu'au coude. C'est ma méthode !

UNE VOIX

Très loin, peut-être au-dessus du petit cimetière, un cerf-volant dans le ciel bleu. Une tache jaune sautillante. Je me sens brusquement seul. Ce silence. Da est sur la galerie, sa place pour l'éternité. Oginé vient de partir avec le cheval de Fatal. J'ai l'étrange sensation d'être seul au monde. Tous les autres sont morts. Sauf

Da et moi. J'ai mal au ventre. Des gouttes de sueur perlent sur mon front. Ma tête tourne. Je me sens mal. Où sont les autres ? Pourquoi leur disparition me fait-elle si mal ? Un nœud dans la poitrine. On dirait une ville fantôme. Il n'y a plus personne. Ils sont tous morts ou partis sans rien nous dire. Je sais que ce n'est pas vrai, que cela ne peut être vrai, alors pourquoi est-ce que je n'arrête pas de penser à ça ? Même les animaux sont partis. Le cheval de Fatal n'existe plus. Je n'avais qu'à tourner la tête du côté du parc communal pour voir les grands yeux liquides du cheval. Da n'a besoin que de son café, mais moi, sans les amis, je ne survivrai pas. Où sont Frantz et Rico ? Où est Vava ? L'intensité de Fifi me manque déjà. Où est cet imbécile d'Auguste (même lui m'est indispensable). Soudain, une marchande de rue passe en hurlant sa marchandise. Une voix criarde, aiguë, stridente, à vous briser les tympans. Une voix humaine. Je l'écoute, un moment, avec ravissement. Je recommence à respirer normalement. Elle continue son chemin en direction de la Croix-Jubilée. Elle doit être à présent près de la maison des Rodriguez. Dans une minute, je ne l'entendrai plus. Cette voix qui semblait si puissante, il y a quelques instants, va s'éteindre. Da dit que c'est ainsi la vie. Un moment, vous êtes là, on ne voit que vous, on n'entend que vous, on ne parle que de vous, et un autre moment, on ne se souvient même pas de votre visage. Moi, je veux me rappeler toujours les yeux de Vava.

LE NOTAIRE LONÉ

Deux hommes ont aimé Da : mon grand-père et son ami et rival, le notaire Loné de la rue Desvignes. Beaucoup de gens pensent que Da a fait le mauvais choix. Mais ce n'était pas le notaire Loné qui était allé deux ans de suite chasser la perdrix à Boucan-Bélier. Le notaire Loné ressemble plutôt à un frère jumeau de Da, si on veut mon avis. Je le trouve, comme toujours, se balançant sur sa dodine tout en lisant son journal. Le peintre Fabien (qui vit au bas de la rue Desvignes) a fait un grand portrait du notaire. On le voit assis sur son vieux fauteuil, le journal ouvert devant lui et le chat Colomb (en hommage au découvreur du Nouveau Monde, comme il me l'a expliqué un jour) à ses pieds. Il y a une chose que j'aime chez le notaire Loné. C'est que malgré son aspect sévère, il est très chaleureux, et surtout il ne me traite pas comme un demeuré parce que je suis un enfant. Il parle à tout le monde de la même manière : directe et franche. Il ne change pas de ton parce qu'il parle à un enfant. C'est le seul adulte à ma connaissance, à part Da, qui agit ainsi. Il y a aussi Occlève, mais Occlève est lui-même un enfant. Je me sens déjà trop vieux pour avoir une vraie relation avec Occlève, bien qu'il aurait pu être mon père. Il a cette qualité qu'ont rarement les autres vivants, il est vivant.

LA MAISON DU NOTAIRE LONÉ

La première pièce lui sert de bureau pour recevoir les clients, mais dès que vous traversez cette pièce d'aspect très sévère, vous tombez dans le monde secret du notaire Loné. Il a une collection de tout ce qui existe. C'est un vrai collectionneur. Je n'ai jamais vu autant de poupées qu'ici, de timbres, d'oreillers, de clés, de trompettes, de cartes postales, de dés à coudre, de lampes, d'appareils photographiques, de pièces de monnaie anciennes, de ciseaux, de vieilles machines à coudre Singer, de boîtes de bonbons, de peignes, etc. Il me faudrait une journée entière pour énumérer tout ce que possède le notaire Loné. Da m'a dit qu'il voulait ouvrir un magasin sur la rue Desvignes, il y a quelques années. La veille de l'ouverture, il n'a pas pu fermer l'œil, se demandant pourquoi il vendrait à des inconnus ce qu'il a accumulé avec tant de passion. Au matin, il a annulé la cérémonie d'ouverture, et depuis il garde tout ça chez lui. C'est la seule personne que je connaisse qui vit dans un magasin complet. Le notaire Loné est à la fois un enfant et un adulte. Il ne fait pas comme les autres adultes qui jouent à l'enfant pour montrer qu'ils ont gardé un cœur jeune, comme le sous-directeur de la banque qui porte toujours (les jours de congé bien sûr) des pantalons courts. Je déteste tellement ça. S'ils pouvaient savoir combien je déteste ça. Ils ont l'air tellement stupides. Le notaire Loné ne joue jamais avec ses jouets. Il ne les montre pas non plus aux gens. Il se contente de les avoir. D'ailleurs, ils sont toujours couverts de poussière. Une fois ou deux l'an, la vieille Palmira vient les essuyer. J'y jette un coup d'œil quand le notaire m'envoie chercher un papier important dans son bureau privé (il a un autre bureau tout au fond, derrière la grande pièce où sont entreposés les objets). Et chaque fois que je traverse cette salle, je reste bouche bée. Il y a même un grand cheval de bois tout sellé (une vraie selle) au milieu de la pièce.

J'arrive avec la grande enveloppe jaune.

— Bonjour, notaire Loné.

— Bonjour, mon garçon.

Sa voix est grave et chaude.

— C'est Da qui vous envoie ça.

Je lui tends l'enveloppe.

— Qu'est-ce que c'est ? demande-t-il tout en chaussant ses lunettes.

Il ouvre l'enveloppe, retire calmement les documents de la Maison Bombace qu'il examine attentivement avant de les remettre à leur place.

— Va me déposer cette enveloppe sur mon bureau. Mon bureau privé.

Je traverse la grande pièce. Un regard en biais vers le cheval de bois.

De retour sur la galerie.

— Dis à Da, me lance le notaire Loné, que je passerai la voir avant d'aller à ma partie d'échecs.

Cela fait plus d'une semaine que le championnat d'échecs a commencé dans le salon de coiffure de Saint-Vil Mayard. Le notaire Loné y rejoint le docteur Cayemitte, le commissaire du gouvernement, le préfet Montal, Vernier Guirand, Pélage Desgranges, Willy Bouy (l'actuel directeur de la douane), Augereau Bazile (de la Maison Bombace), André Allen, Maurice Bonhomme (directeur de l'école Maurice-Bonhomme), le dramaturge Maurice David et son frère l'accordéoniste Nissage David, sans oublier l'infirmière Gisèle, la seule femme qui joue aux échecs à Petit-Goâve. Le salon de coiffure est toujours bondé de clients, mais surtout de curieux. Il y a aussi quelques espions de Port-au-Prince dont d'importants joueurs de la capitale qui n'arrivent pas encore à digérer le fait pourtant évident que Petit-Goâve est à l'heure qu'il est la capitale du jeu d'échecs en Haïti. Certains, on soupçonne activement Saint-Vil Mayard, vont jusqu'à affirmer que le salon de coiffure Saint-Vil Mayard est bien le centre névralgique du jeu d'échecs dans la Caraïbe. Tous y viennent assister aux interminables parties qui durent des fois jusque tard dans la nuit.

— Mais ça ne me fait pas un client de plus, se plaint Saint-Vil Mayard.

DEVANT LA DOUANE

Je vois Rico assis avec Frantz sur les marches de la douane.

— Qu'est-ce que tu faisais ? me demande Rico.

— J'avais une commission à faire pour Da chez le notaire Loné, et ensuite je suis passé chez Camelo parce qu'il me l'avait demandé. Il m'a donné une lettre pour l'infirmière Gisèle, j'ai donc été obligé d'aller jusqu'à l'hôpital. Elle m'a fait attendre parce qu'elle voulait envoyer une réponse à Camelo. Ensuite, je suis retourné voir Camelo qui m'a donné une seconde lettre que j'ai tout de suite apportée à l'infirmière qui l'a lue en ma présence. Je n'en peux plus. C'est comme ça chaque fois qu'ils se réconcilient. Une fois, l'année dernière, j'ai dû faire plus d'une douzaine d'allers-retours.

— Pourquoi tu te fatigues ainsi ? me demande Frantz.

— Camelo me passe sa bicyclette, dimanche. Il a un match important à Miragoâne.

— Et si je comprends bien, lance Rico, il voulait savoir si Gisèle pouvait l'accompagner à Miragoâne.

— Tu crois ça ? me demande Frantz sur un ton dubitatif.

Frantz a toutes les filles à ses pieds, mais il ne comprend rien aux femmes. Il n'a jamais été obligé d'échafauder le moindre plan pour attirer une fille dans son filet. Si ça se trouve, il ne sait même pas que ça existe. C'est simple : toutes les filles sont folles de lui. Et lui, il fait le tri. Nous, nous regardons. Parfois, il lui arrive de penser que c'est lui qui a fait le premier pas quand ça fait quatre mois que Virginie rame pour attirer son attention. Nous (Rico et moi), nous ne lui disons jamais rien. Il lui arrive (ce qui est rarissime) de soupirer après une fille quand nous savons depuis longtemps que Flore (puisque c'est d'elle qu'il s'agit) ne pense qu'à lui depuis une éternité. On n'est quand même pas là pour lui apporter la cuillère à la bouche.

—Bien sûr, dit Rico sur un ton blasé pour répondre à la question de Frantz, ce n'est plus facile pour Camelo depuis que l'infirmière est devenue la maîtresse du préfet Montal.

—Ah bon, dit Frantz.

—Ah bon, je fais aussi.

J'ignorais totalement ce détail. De toute façon, Rico est toujours le premier informé sur ce genre de sujet.

—Je les ai vus, continue Rico, un soir que je rentrais chez moi par la plage. Il n'y avait personne dans les environs. Il faisait vraiment noir. Disons que je les ai d'abord entendus. Je me suis tout de suite caché.

—Qu'est-ce qu'ils faisaient ? demande Frantz.

—Devine... Après un moment, ils sont retournés à la voiture. Je me suis caché derrière un arbre, et ils sont passés tout près de moi, vraiment très près. La voiture était garée tout près, un peu à l'écart, de sorte qu'on ne pouvait pas l'apercevoir de la rue. Ils y sont montés et, au lieu de prendre la direction de l'hôpital (l'infirmière Gisèle est généralement de garde la nuit), ils se sont dirigés vers Tapion.

—Camelo ne sait pas cela, naturellement ? demande Frantz.

Rico a un petit rire de gorge.

—Bien sûr que Camelo le sait. Que veux-tu qu'il

fasse ? C'est le préfet, jette calmement Rico.

— Ouais, dit Frantz.

— Pourquoi a-t-elle accepté de voir le préfet ? je demande un peu au nom de Camelo.

— Pourquoi parle-t-on de ça ? lance brusquement Frantz. Je m'en fous de ces histoires stupides.

— Moi aussi, dit Rico un peu vexé.

— Toi ! Rico ! m'exclamé-je, je ne sais vraiment pas pourquoi tu t'intéresses autant à la vie des gens. Il n'y a personne dans cette ville dont tu ne…

— Je n'ai pas fait exprès. Je rentrais chez moi tranquillement quand je suis tombé sur le préfet et l'infirmière Gisèle.

— Pourquoi ce genre de choses n'arrivent qu'à toi ? dis-je pour le taquiner.

— Tu es fâché parce que Camelo est ton patron.

— Je n'ai pas de patron, dis-je piqué au vif, il me prête sa bicyclette et, en échange, je lui rends de menus services, c'est tout.

— En tout cas, lance Rico en se dirigeant vers le port, je trouve toujours des oreilles pour mes histoires.

Il est vraiment vexé.

SUR LE WHARF

Abner fonce dans la foule avec sa bicyclette rouge toute neuve. Il se fait proprement engueuler par Thérèse qui est venue prendre l'air avec sa mère.

— Il fait tellement chaud à la maison, dit Thérèse. N'est-ce pas qu'il fait bon ici, maman ?

— Oui, dit la vieille, mais quand il fait chaud comme ça, il y a toujours trop de gens sur le wharf…

— Écoute, maman, veux-tu rester au port ou rentrer

à la maison ? Tu dis qu'il fait trop chaud à la maison, on se dépêche de venir ici, et tu te plains qu'il y a trop de gens ici… Si tu ne veux pas rester, on peut rentrer, tu sais.

— Je t'en prie, ma chérie, ne bouscule pas ta pauvre mère. Pourquoi es-tu de si mauvaise humeur ? Il doit être à cette partie d'échecs chez Saint-Vil Mayard en ce moment.

— Combien de fois dois-je te dire, maman, que cet homme n'existe plus pour moi.

— Alors n'en parlons plus, ma chérie.

— C'est toi qui n'arrêtes pas d'en parler… Des fois, j'ai l'impression que ça te fait encore plus mal que moi que Camelo couche avec cette salope de Gisèle. Je ne sais comment elle a eu son diplôme d'infirmière, ou plutôt, je sais très bien ce qu'elle a dû faire pour l'obtenir.

— Ne te fâche pas ainsi, ma chérie, cette femme ne t'arrive pas à la cheville. On voit bien qu'elle a fait quelque chose pour envoûter à ce point Camelo.

— Bien sûr que c'est une ouangateuse. Elle est toujours chez ce hougan, au morne Soldat. Comment s'appelle-t-il encore ? Wilberforce. C'est sa maîtresse, d'ailleurs.

— Pourquoi tu n'en parles pas à Camelo, chérie ?

— Camelo ! Il n'y a plus de Camelo, maman ! C'est un zombie. Camelo est sa possession maintenant. Tout le monde sait qu'elle couche avec le préfet, et Camelo ne dit rien. Ce n'est plus le Camelo que j'ai connu, maman…

— Alors n'en parlons plus, Thérèse.

— C'est ça, n'en parlons plus. Mais si tu veux, on peut rentrer…

— Oui parce qu'il y a trop de gens ici, ce soir. Je n'arrive pas à respirer quand il y a autant de monde dans une place.

—Je t'avais prévenue, mais tu as insisté pour venir sur le wharf.

—Il fait tellement chaud, chérie.

LA LUNE

Je viens de voir passer Vava avec ma cousine Didi. Didi m'a même fait un clin d'œil.

—Voici Edna, dit Rico qui prend son plaisir à repérer les gens avant tout le monde.

Frantz fait une grimace. Rico s'en va à la rencontre d'Edna. Le port est bondé de garçons et de filles. La lune, ronde comme une obole. Le ciel, étoilé.

Le port est bien éclairé à certains endroits, et assez sombre à d'autres. Nous nous tenons, Frantz et moi, dans un des coins sombres. Les mères passent leur temps à venir voir si leur fille n'est pas dans les parages. Comme toujours, les mères n'ont aucune idée de la façon dont cela se passe. Car si un type veut embrasser une fille, tu peux être sûr qu'il ne restera pas sur le port avec elle. Il l'emmènera plutôt du côté du Lambi Club. Il n'y a jamais personne dans cette zone. À part les amoureux, bien sûr. Mais les mères n'ont aucune idée de la réalité. Elles surveillent toujours le mauvais type pendant que leur fille est avec Tony dans une des cabanes abandonnées près de la plage. Les mères croient que Tony est un bon garçon parce qu'il a un visage d'ange et « des manières exquises », comme dit madame Jérémie, la mère de Charline, celle qui a les plus gros seins de l'école des Sœurs. Alors que ce type est un véritable tueur. Tony ne fait jamais de cadeau. La première fois qu'il rencontre une fille, il l'emmène à coup sûr à la cabane. Mais c'est Frantz, la terreur des mères. Alors que le problème de Frantz, c'est qu'elles veulent toutes l'emmener à la cabane. Ah, les mères !

Rico revient vers nous.

— Elle aimerait te voir, dit-il à Frantz.

— Qui ça ? demande Frantz d'un air à demi excédé.

— Tu sais bien qui.

— Qu'est-ce qu'elle me veut ?

— Je ne sais pas, dit Rico.

Edna, à quelques mètres de là, nous regarde intensément. Ou plutôt regarde Frantz de ses grands yeux noirs, presque languissants. Des yeux capables de vous aspirer. Où trouve-t-elle tant d'audace ? Elle sait bien que Frantz cherche par tous les moyens à l'esquiver, mais malgré tout elle insiste. Elle refuse de céder. À sa place, je serais déjà mort. Je n'arrive même pas à regarder Vava dans les yeux, voire à demander à lui parler, là, comme ça. Frantz finit par aller vers elle. Le visage d'Edna s'illumine comme un fanal à Noël. Qu'espère-t-elle ? Peut-être qu'elle a raison, qu'elle finira par l'avoir en agissant de la sorte. C'est une gagnante, cette fille. Moi, je suis un vrai perdant. Je garde tout à l'intérieur de moi. Un jour, ça explosera. Peut-être même pas…

L'AMOUR

Nous marchons un moment ensemble, Rico et moi, jusqu'à ce qu'un type de Petite-Guinée l'arrête. Moi, je continue simplement pour le plaisir de croiser des gens, de lire des visages, de capter des bribes de conversation. Je m'en vais jusqu'au bout de la jetée, et là, je reviens sur mes pas. Je m'arrête à la grande barrière grillagée, à l'entrée du port. Et, de nouveau, je refais le chemin en sens inverse. Tiens, voilà Fifi là-bas, en train de parler à Gina. Il n'y a pas si longtemps, Rico était fou de cette fille. Elle habite la rue Geffrard, non loin de la grande loge maçonnique. Rico lui écrivait un poème d'amour par jour que je devais donner à ma cousine Didi pour qu'elle le lui remette en main propre. Gina ne lui a jamais répondu. Mais depuis deux semaines Rico n'envoie plus de poèmes, et il semble, selon Didi, que ça lui manque. Le problème c'est que Rico ne joue pas à l'indifférent, il n'est tout simplement plus intéressé. La fièvre est tombée. Avant, je savais par Rico ce que faisait Gina durant toute la sainte journée. Maintenant, c'est comme si elle était morte, comme si elle n'avait jamais existé. Je ne suis pas comme ça. Si j'ai aimé une fille, elle ne me sera jamais indifférente. Mon cœur battra toujours plus vite en entendant son nom. Frantz, lui, n'a pas de cœur. Rico s'enflamme vite, mais pas pour longtemps. J'essaie de ne pas trop laisser paraître mes sentiments. Mon cœur est un volcan en éruption. Cela me tue. Je suis épuisé. Parfois, j'ai l'impression de cracher de la cendre. J'aurais préféré être comme Frantz ou même comme Rico. J'ai un cœur qui ne se repose jamais, même pendant mon sommeil. Je rêve d'elle. Et elle ne sait même pas que je suis amoureux d'elle. Je n'ose pas prononcer son nom.

UN NID DE FILLES

Rico s'amène avec ce large sourire.

—Qu'est-ce qui se passe ?

—J'ai découvert un vrai nid là-bas.

—Comment ça, Rico ?

— Des filles de Miragoâne. Pas mal, pas mal du tout. Elles sont descendues chez les Simon. Elles viennent tout juste d'arriver, il y a à peine une demi-heure. Nous serons les premiers à les aborder. Nous avons toutes les chances, Vieux Os. Je les ai même invitées à la fête chez Nissage.

— Tu es rapide, Rico.

— Tu crois que les autres vont mettre des gants ? Nous les avons vues les premiers, mon ami.

— Donc, elles sont à nous. Tu parles comme si c'était des mangues.

— C'est ça, dit subitement Rico, des mangues. Des mangues douces, juteuses, parfumées, à la peau soyeuse…

— Et combien sont-elles ?

— Trois… Elles sont bonnes toutes les trois.

— Comme nous alors.

— Comment ça ? s'étonne Rico. Nous ne sommes que deux…

— Tu oublies Frantz…

— T'es fou ou quoi ! lance Rico. Elles vont toutes se jeter sur lui ! Tu choisis une, et je prends les deux autres.

— T'es pas un peu gourmand… Allons-y, elles ne vont pas nous attendre éternellement.

Nous nous dirigeons un peu trop rapidement à mon goût vers les filles.

— Arrête un peu, dit Rico. Tu les vois ? Juste là-bas… Tu les vois ? Bon, tu dois choisir maintenant laquelle tu préfères.

Rico a raison. Elles sont vraiment pas mal. C'est quand même étonnant que personne ne soit autour d'elles. Je fais mon choix. Celle qui a l'air un peu timide. Tout à fait moi, ça… On me donne le choix, et je prends la plus inabordable, celle qui a l'air de se demander où se trouve sa mère en plein milieu d'un baiser, si jamais on arrive jusque-là avec ce genre de fille.

— Mon frère, dit Rico.

Elles se mettent à rigoler toutes les trois.

— Vous ne vous ressemblez pas, lance l'une d'elles.

— Même mère, mais de pères différents... Il ressemble à son père, dit Rico en me pointant du doigt, je ressemble au mien.

Elles rient de plus belle. Légype me fait désespérément signe de venir le trouver. Je sais très bien ce qu'il veut : il aimerait que je le présente aux filles. C'est le genre vautour... Ces types ne font aucun effort pour aborder une fille, mais dès que quelqu'un commence à s'installer quelque part, ils débarquent, le sourire aux lèvres.

Légype essaie toujours d'attirer mon attention, mais je l'ignore royalement. Chaque fois que nos regards se croisent, je fais semblant de saluer quelqu'un derrière lui.

— Tu ne dis rien, toi ? me demande celle qui semble être la plus âgée.

— Heu... Oui... Non... Je suis avec Rico.

Un vrai demeuré. Les filles rient sous cape, même celle qui semble aussi timide que moi. Je commence à sentir des picotements partout sur mon corps. C'est toujours ainsi quand je me sens totalement démuni. Légype me fait à nouveau signe. Finalement, je décide d'aller le voir, un peu pour sortir de ce cercle de feu.

— T'as aucune chance avec elles, me lance-t-il tout de go.

— Comment ça ?

— Ce sont des Témoins de Jéhovah, Vieux Os... Tout ce qui les intéresse c'est de t'attirer dans leur secte.

— Et que font-elles ici, sur le wharf ?

— Du recrutement. Tu ne t'es pas demandé pourquoi vous êtes les seuls auprès d'elles ?

Légype vient de marquer un point. Je décide malgré tout de résister. Ce n'est pas chaque jour qu'on tombe sur un pareil nid de filles aussi jolies.

— Elles viennent d'arriver de Miragoâne, et Rico a été le premier à les repérer.

— On a tous connu ça. Il n'y a qu'une façon de les rencontrer, c'est d'aller au temple. Si ça t'intéresse, il y a un service religieux chaque soir, en face du tribunal, dans l'ancienne maison du sergent Tassy.

— Non merci.

Légype sourit doucement.

— Tu sais, il y en a qui ont fait le saut, simplement pour être sûrs de les revoir… Tu connais Alix Édouard, le chanteur du groupe Caliente ? Il les a vues l'année dernière, à pareille date, ici même au port, comme toi, et aujourd'hui, il se promène avec une bible sous le bras et ne chante plus que pour la gloire du Seigneur.

— Tu es un frère, Légype. Merci.

Je retourne vers Rico et le tire par le bras. À un mètre du groupe.

— Qu'est-ce qui se passe ? chuchote-t-il.

— Viens, je te dirai en chemin.

— T'es fou, ça commence à marcher. J'ai rendez-vous avec elles demain soir. Qu'est-ce que tu faisais qui t'a pris tout ce temps ? Elles voulaient savoir où tu étais.

— Viens avec moi, je te dis. On rentre. Je ne veux pas que Da s'inquiète.

Rico me regarde d'un air complètement abasourdi.

— Je ne comprends pas… Nous sommes tombés sur une mine d'or que nous serons les seuls à exploiter…

— Justement.

— Que veux-tu dire par là ?

— Viens, je te dis. Je te raconterai en chemin.

— Va… Je te verrai demain matin. Je ne veux pas qu'elles pensent qu'on parle d'elles.

— Tu fais comme tu veux, Rico.

Rico est retourné auprès des filles. Je me dirige vers la grande barrière grillagée. Soudain quelqu'un me saute au cou.

— Où vas-tu ? me demande ma cousine Didi.

— Je rentre.

— Déjà ! Où étais-tu ? Fifi t'a cherché toute la soirée.

— Comment savait-elle que j'étais ici ?

— Edna t'avait vu.

— T'as vu Frantz ?

— Il est là-bas.

Elle fait un geste vers les cabanes, sur la plage.

— Avec qui ?

— Edna.

— Ah bon… Je rentre pour que Da ne s'inquiète pas. Elle ne sait pas que je suis ici.

Je finis par sortir du port. Je marche seul dans la nuit. Ce n'est qu'une fois arrivé près de l'église que j'ai pu entendre le bruit des vagues.

AU SALON DE COIFFURE

Je vois la tête ronde du notaire Loné, étrangement éclairée par la lampe Coleman suspendue à une poutre au milieu du salon.

— Notaire Loné, vous n'avez pas oublié de passer voir Da, j'espère.

Le notaire Loné me fait signe de me taire. L'unique pièce du salon de coiffure est bondée. Une trentaine d'hommes en chapeau. Tous les hommes importants de Petit-Goâve sont présents. Depuis le commandant du district jusqu'au maestro de l'orchestre Continental, en passant par les nouvelles vedettes du football: les jumeaux Semé et Seméphen. Loulou David chuchote quelque chose à l'oreille de Saint-Vil Mayard qui secoue la tête en signe d'acquiescement. Borno Nelson vient d'entrer avec un sonore salut à la ronde. Tout le monde se retourne pour lui faire signe de ne pas déranger les joueurs. Le duel se fait entre le préfet Montal et le commissaire du gouvernement. Les deux hommes ont chacun un style qui résume bien leur personnalité. Le commissaire du gouvernement est un homme tout en nuances, poli, matois, presque obséquieux même (mais ne vous y fiez pas trop), tandis que le préfet a une grande habitude de la conquête. C'est un homme plutôt direct, qui aime aller droit au but, mais capable aussi de faire preuve de subtilité si l'événement le commande. De son côté, on a déjà vu le commissaire foncer dans le tas comme un bélier. Deux manières peut-être différentes, mais un égal sens de la victoire.

— Tu sais, me chuchote le notaire Loné, je viens ici uniquement pour étudier les hommes. Le salon de coiffure de Saint-Vil Mayard est une grande école.

Il hoche gravement la tête avant de poursuivre.

— Et il arrive que le sort de Petit-Goâve se joue durant une simple partie d'échecs. Je dis simple, mais une partie d'échecs n'est jamais simple. Jamais...

Je le regarde, un peu étonné par tant de gravité.

— Aujourd'hui, conclut-il avec un demi-sourire, la bataille entre l'exécutif et le judiciaire promet d'être sanglante.

Pour ma part, je vois deux hommes, le front plissé,

regardant attentivement quelques petites sculptures en bois verni sur une minuscule table bancale. Le préfet, après avoir déplacé un pion, se renverse le torse en arrière tout en faisant signe qu'on lui apporte un verre d'eau. Plus de vingt secondes s'écoulent avant que l'assistance remarque l'audace du coup. Non seulement, me chuchote le notaire Loné, le préfet s'est dégagé de l'étau qui l'étranglait littéralement, mais du même mouvement il vient d'effectuer l'une de ses plus vicieuses attaques. Alors seulement un murmure d'approbation monte dans le salon de coiffure.

— Coup génial.

— Bravo, préfet.

Le visage du commissaire du gouvernement se crispe davantage.

— Allons, me dit le notaire Loné, il ne se passera plus rien, ce soir. Le préfet a laissé une patte, mais il est quand même parvenu à s'échapper du piège que lui a tendu le commissaire du gouvernement.

On a remonté la rue Lamarre jusqu'à la grande maison en bois des Rigaud, au coin de la rue Saint-Paul.

— Loné ! Attends-moi, Loné !

Le notaire s'est retourné calmement, comme à l'accoutumée. Saint-Vil remonte la rue en courant, tout en nous faisant continuellement signe de l'attendre.

— Excuse-moi, Loné, dit-il tout essoufflé. Je sais pourquoi tu es parti, moi-même, je ne serais pas resté si ça ne se passait pas chez moi.

— Écoute, Saint-Vil, jette le notaire sur un ton légèrement excédé, je rentre tout simplement chez moi parce que je suis fatigué. Je rentre me coucher. Il n'y a pas d'autres raisons.

Le coiffeur regarde un long moment le notaire avant de secouer gravement la tête.

—Loné, mon frère, je ne suis pour rien dans cette histoire. J'avais même demandé à Willy Bony, au moment où il préparait le calendrier du championnat, de faire en sorte que ces deux-là ne se rencontrent pas.

—Tu sais que c'est impossible, Saint-Vil, glisse le notaire. Ce sont quand même des joueurs de première classe…

—Je ne sais rien à ce jeu, se plaint Saint-Vil. Pour tout te dire, je n'ai jamais regardé une partie d'échecs jusqu'à la fin, ça me donne la migraine. Ne le dis à personne, Loné, mais je préfère le domino. Si j'ai accepté que le championnat d'échecs se fasse dans mon salon de coiffure, c'est uniquement pour le prestige de l'établissement. Après tout, j'ai une clientèle d'intellectuels.

Le notaire fait une moue dubitative.

—Je ne suis pas d'accord avec toi, Loné, c'est quand même la crème de la ville qui participe à ce championnat. Je n'avais cessé de répéter à Willy Bony que ces deux-là ne doivent pas se rencontrer. Il ne m'a pas écouté. Et tu sais combien le préfet est susceptible. Quant au commissaire du gouvernement, il peut être pire qu'une femme enceinte.

Le notaire se met à rigoler doucement.

—Qu'est-ce qui te fait rire ainsi, mon ami ?

—Saint-Vil, tu es un vrai génie… Le commissaire du gouvernement en femme enceinte, je n'oublierai pas ça de sitôt.

Les deux hommes se mettent à rire.

—Imagine, Loné, ce qui serait arrivé si le préfet avait perdu la partie, dit Saint-Vil en reprenant son ton grave du début de la conversation.

—Je ne sais rien de tout cela, dit calmement le notaire Loné.

—Au fond, tu as raison, Loné, de ne vouloir être qu'un observateur, mais il arrive que les événements nous dépassent, et même nous obliger à prendre parti... C'est ça aussi la vie, Loné.

LA MORT

Nous sommes restés tous les trois, un moment, comme interdits dans l'obscurité la plus totale (la lune est maintenant cachée par un nuage noir). Subitement, les cloches de l'église, au bout de la rue Saint-Paul, sonnent le glas.

—Quelqu'un vient de mourir, dit sombrement le coiffeur Saint-Vil Mayard. Ce glas me donne froid au dos. Paix à son âme quel qu'il soit.

—Ne t'inquiète pas, Saint-Vil, tu n'entendras pas le tien.

Le visage du coiffeur se rembrunit instantanément.

—Pourquoi parles-tu de ma mort, Loné ? Ce n'est pas un sujet de conversation.

—Au contraire, Saint-Vil, c'est la seule chose qui vaille la peine qu'on en parle.

—Moi, c'est la vie qui m'intéresse.

—Mais c'est la même chose, Saint-Vil.

Le coiffeur regarde le notaire Loné d'un air perplexe.

—Tu es vraiment un homme étrange, Loné.

Saint-Vil Mayard retourne, sans un mot de plus, vers son salon de coiffure. Le notaire et moi continuons sur la rue Lamarre. Un groupe de gendarmes passe tout près de nous. Ils vont à Fort Liberté, à une vingtaine de minutes de la Croix-Jubilée. Depuis quelques jours, des voleurs de bétail sévissent dans la région. Le capitaine y envoie chaque nuit un détachement pour patrouiller. Nous marchons sans parler jusqu'au 88 de la rue Lamarre où se tient encore Da sur sa dodine, dans le coin gauche de la galerie.

—Da, voici ton petit-fils.

—Merci, Loné, de l'avoir amené à bon port. Je commençais à m'inquiéter.

—Mes compliments, Da, c'est un bon compagnon. Il parle peu, mais il sait écouter. On voit ça à ses yeux. Si je peux me permettre d'évaluer quelqu'un, Da, ce garçon n'est pas comme les autres.

—Grâce à Dieu…

—Bonne nuit, Da. Je vais étudier tes documents, cette nuit, Da, et demain ou après-demain, je te ferai savoir les résultats de mes recherches. Sur ce, bonne nuit, Da, et bonne nuit à toi aussi, mon garçon…

Immédiatement après le départ de Loné, arrive Fatal avec une nouvelle tragique. Comme toujours.

—Da, vous ne savez pas pour qui on vient de sonner le glas ?

—Dis-moi, Fatal… Chaque fois que j'entends sonner ce glas, je pense à mon défunt mari.

—Izma est inconsolable.

—Aïe ! son fils… Pauvre mère, ajoute Da en se versant une dernière tasse de café.

—C'est peut-être un bien, Da. Ce garçon n'avait plus que les os et la peau. Un vrai mort vivant. Maintenant, il a fini de souffrir.

Fatal fait un rapide signe de croix.

—Tu as raison, Fatal, mais ça ne pourra jamais consoler une mère.

—Bonne nuit, Da. J'ai quelqu'un à aller voir absolument du côté de Petite-Guinée.

Bonne nuit, Fatal.

Je suis couché sur un petit lit dans la grande chambre où vivaient ma mère et mes tantes avant qu'elles n'aillent habiter à Port-au-Prince, me laissant seul avec Da. C'était quelque temps après la mort de mon grand-père.

— Da, je suis d'accord avec Fatal, le fils d'Izma souffrait trop. Personne ne lui adressait la parole. Tout le monde avait peur de l'approcher, à part Izma.

— Oui, dit Da, c'était son fils.

On entend distinctement le bruit des sabots dans la nuit. C'est Oginé qui conduit les chevaux au marché.

— Da, cela a dû faire mal à Izma de voir son fils souffrir ainsi.

— Bien sûr, Vieux Os.

— Donc elle doit être heureuse qu'il soit maintenant mort.

— Elle est à la fois heureuse et malheureuse. La souffrance est une chose terrible, Vieux Os, mais la mort, c'est autre chose…

— Et qu'est-ce que c'est ?

— Tout ce qu'on ne sait pas, dit Da pensivement.

Je suis resté un long moment, les yeux ouverts, à penser à la mort.

— Tu ne dors pas, Vieux Os ?

— Non, je pense au fils d'Izma. Je me demande ce qui se passe avec lui maintenant.

— Aucun être vivant ne peut répondre à cette question, Vieux Os. Comment se fait-il que tu le connaissais si bien ?

— Da, c'est sur le chemin de mon école…

— Tu t'arrêtes souvent en chemin comme ça ?

— Non, Da… Le frère Armance nous a déjà fait

prier pour lui pendant tout un mois.

— Tu me rassures, parce que la tuberculose est une maladie contagieuse… Tu ne t'es jamais approché de lui, j'espère ?

— Non, Da.

— Tu ne lui as jamais parlé non plus ?

— Non, Da. Je ne lui ai jamais parlé.

— C'est bon…

— Da, le frère Armance nous a bien recommandé de ne jamais nous approcher de lui, mais d'avoir une petite pensée pour lui chaque fois qu'on passe devant sa cabane.

La chambre retombe dans le silence.

— Nous n'aurions jamais dû laisser Izma vendre de la nourriture tout en s'occupant d'un tuberculeux. C'est une grave négligence de la part des autorités. Maintenant, nous risquons d'avoir une épidémie sur les bras.

— Comment, une épidémie, Da ?

— Eh bien, tous ceux qui ont mangé chez Izma risquent d'attraper la tuberculose et de finir dans une cabane.

— Tu veux dire qu'ils vont mourir comme le fils d'Izma ?

— Bien sûr ! Et ce sera un grand malheur pour notre ville. Je l'ai toujours dit : le capitaine aurait dû intervenir pendant qu'il était encore temps.

— Da, tous ceux qui ont la tuberculose vont habiter dans une petite cabane ?

— Oui. C'est une mesure d'hygiène, mais malgré tout ce n'est pas suffisant. Izma n'aurait jamais dû s'occuper de son fils tout en continuant à vendre de la nourriture cuite.

— Da…

— Oui ?

— Quelqu'un qui a mangé seulement trois fois chez Izma va-t-il attraper la maladie ?

— Même une seule fois. Pourquoi me demandes-tu cela ? dit Da en se redressant sur le lit.

— Rico a déjà mangé là-bas.

— Il ne mange pas avec sa mère au marché ?

— Oui, mais il a déjà mangé chez Izma.

Un long silence.

— Il n'a pas l'air malade du tout, Da… Il ne tousse pas…

— Est-ce qu'il a maigri ?

— Non, Da.

— As-tu remarqué si ses yeux étaient plus pâles que d'habitude ?

— Non, Da. Ses yeux sont comme avant.

— Eh bien, dit Da, peut-être qu'il n'est pas contaminé… Ou c'est que les symptômes ne sont pas encore apparus.

— Il n'a pas l'air malade, Da.

— Alors faisons une petite prière pour qu'il reste en bonne santé, et pour le repos de l'âme du fils d'Izma.

Nous nous sommes agenouillés tous les deux devant la statue en porcelaine de la Vierge tenant dans ses bras l'enfant Jésus de Prague. Ensuite, Da m'a demandé d'aller me coucher. Elle a demandé le pardon pour son seul ennemi, « le riche Bombace qui veut me mettre à la porte de cette maison que j'ai construite de mes propres mains. Le mortier a été fait avec mon sang. Et j'ai porté une seule et unique robe noire durant cinq ans que je lavais chaque soir pour la remettre le lendemain matin. Je faisais croire à tout le monde que c'était le deuil de ma mère que je portais, puis celui de mon père, enfin celui de mon frère Hiram qui est encore bien vivant à Boucan-Bélier, inutile de dire que je ne mangeais qu'un morceau de pain avec mon crachat, et tout ce sacrifice, je le faisais pour pouvoir construire cette maison et donner un toit à mes filles, et aujourd'hui, le riche Bombace veut m'envoyer sous les ponts avec mon petit-fils… Marie, vous êtes une mère comme moi, je vous supplie d'intervenir auprès de votre fils pour qu'il arrête, comme son père l'a fait avec Abraham, le bras qui s'apprête à poignarder une veuve… »

Les prières de Da sont généralement si compliquées que je m'endors toujours avant qu'elle ne dise Amen.

LE SOMMEIL

Je sors dans la cour, les yeux encore pleins de sommeil. Da est déjà en train de siroter son douzième café. Si Da aime le café, moi, ce que je préfère par-dessus tout, c'est le sommeil. Pouvoir dormir tout mon soûl. Dormir jusqu'à la fin des temps. Mais il faut que je me réveille chaque matin, très tôt, pour repasser mes leçons, faire ma toilette, bien sûr me brosser les dents (c'est la première chose que Da inspecte, comme si c'était un trésor familial, je ne sais pas, moi, un collier de perles), ensuite m'habiller, déjeuner et, finalement, réciter mes leçons avant d'aller à l'école. C'est ça ma vie. Du lundi au vendredi. Le problème c'est qu'on est obligés d'aller à l'école. Il n'y a que Légype qui ne fréquente pas l'école. Les autres n'ont pas assez de culot pour le faire. C'est pas qu'on n'y pense pas. Surtout le lundi matin. L'école, ça va encore pour moi. La question c'est : Pourquoi faut-il que je quitte mon lit ? Pourquoi n'utilise-t-on pas le sommeil pour apprendre les choses ? Nous pourrions nous réveiller le matin en sachant sur le bout des doigts le fameux chapitre de grammaire sur la concordance des temps. Non, je retire ce que je viens de dire. Je ne veux pas qu'on touche à mon sommeil. C'est mon bien le plus précieux. Mon dernier refuge. Personne n'a le droit de pénétrer dans mes rêves. Tiens, pourquoi le professeur ne vient-il pas nous faire la classe dans notre chambre ? Le docteur vient bien nous voir à la maison. Pourquoi le professeur ne le fait-il pas ? Da va me lancer : « Espèce de flanc mou (c'est son insulte favorite), tu inventerais n'importe quoi pour rester au lit. » On n'a qu'à essayer mon idée, juste pour voir. Même Frantz deviendrait un génie si on lui garantissait qu'il peut rester au lit. Le seul jour où je peux jouir de mon lit sans me faire bousculer pour aller à l'école ou à l'église, c'est le samedi. Mais qui veut rester au lit un samedi matin quand tous les copains sont déjà en train de jouer au football dans le parc communal ? Donc, le jour idéal pour rester au lit, c'est le dimanche. Et Dieu l'a bien vu. Il a pris le dimanche pour se reposer, lui. Mais moi, je dois aller à l'église sinon j'ai l'impression d'être pire qu'un meurtrier. Je ne suis pas loin de croire qu'on a échafaudé toute cette histoire (Dieu, l'église, le péché) uniquement pour me faire sortir de mon lit le dimanche. Dormir le dimanche sera, je le jure, ma première conquête d'homme libre.

LE PETIT DÉJEUNER

Je passe tout droit devant Da pour aller au fond de la cour, près du calebassier, me brosser les dents. À mon retour, je trouve Fatal en train de terminer une tasse (une énorme tasse bleue) de café. Da la lui remplit à nouveau et il la siffle, cette fois, en trois gorgées : deux longues et une courte.

— Dépêche-toi d'aller manger, me lance Da.

Mon déjeuner est déjà sur la table. Toujours la même chose. Pain et café. Un café très clair, alors que celui de Da paraît bien noir. Je finis de manger rapidement, et je retourne près de Da pour la récitation des leçons du jour. Les canards de Naréus traversent la cour en se dirigeant vers le parc communal. Le père (un gros canard prétentieux), la mère (plus affable), suivis d'une douzaine de canetons de différents âges. La mère retourne souvent sur ses pas pour compter ses petits. Cette fois, on dirait qu'elle parle à Da. En tout cas, la cane la regarde bien en face en hurlant des coin-coin sur un ton furieux.

— Da, dit Fatal, on dirait qu'elle essaie de te dire quelque chose.

— Oui, dit Da en souriant, elle connaît la date de ma mort, alors chaque matin, elle me la répète en espérant qu'un jour je puisse comprendre son langage.

— En parlant de ça, dit Fatal, je viens de croiser Izma. Elle revenait de voir le père Cassagnol. Les funérailles de son fils sont pour demain à quatre heures de l'après-midi. Izma était très déçue que ce ne soit pas le père Cassagnol qui chante la messe. C'est père Bourcicot. Cassagnol doit aller aux Palmes pour la fête patronale.

— Ah ! dit Da sur ce ton guilleret, c'est déjà la fête patronale aux Palmes.

— Oui… C'est bizarre tout de même. Son fils est mort, et elle se préoccupe de qui va chanter les funérailles.

— Fatal, dit Da en reprenant du café neuf, Izma veut faire les choses comme cela doit être. C'est sa seule consolation.

Je tends le livre de géographie à Da pour la récitation.

— Pas ce matin, Vieux Os. J'ai trop de choses en tête...

Voilà Clermise.

— Da, madame Gisèle m'envoie chercher une tasse de café.

Chaque jour, à la même heure, Gisèle se réveille et la première chose qu'elle doit avoir en main c'est une tasse de café bien chaud de Da. Quand Clermise arrive, ça signifie qu'il est l'heure pour moi de partir, si je veux arriver à temps pour voir les amis sous le grand flamboyant dans la cour de l'école. Je peux traîner encore cinq minutes, attendre le retour de Clermise qui viendra rendre la tasse, comme chaque matin, avec les mêmes remerciements.

— Da, madame Gisèle vous fait dire que ce café lui a sauvé la vie.

Maintenant, il est grand temps que je parte.

SUR LE CHEMIN DE L'ÉCOLE

Je laisse Da en compagnie de Fatal. Ils vont parler de choses et d'autres jusqu'à ce que Fatal se rende compte qu'il va être en retard au tribunal. Fatal est greffier du tribunal de paix. Le tribunal de paix est situé tout près. Fatal dit qu'en partant de chez Da, il n'a que cinq coups de pédale à donner pour se rendre à son travail. Faut dire que la bicyclette de Fatal est bien huilée. Fatal en prend grand soin. Pour se rendre au tribunal, il emprunte toujours le même chemin. Un chemin qu'il serait capable de faire les yeux bandés. Il descend la rue Desvignes (un coup de pédale) jusqu'au bout, il tourne à gauche (un second coup), passe devant le garage de Bruny Laplace (un troisième coup) où il doit obligatoirement s'arrêter, ne serait-ce que pour se renseigner si sa commande est arrivée (Fatal attend toujours une pièce quelconque de Port-au-Prince), donne ensuite un assez vif coup qui l'emmènera jusqu'au bas de la rue, puis tourne à droite sur la rue La-Justice, et hop, un dernier coup de pédale qui le déposera devant le tribunal de paix de Petit-Goâve. Moi, je vais dans l'autre sens. Je dois descendre la rue Lamarre jusqu'à la rue La-Paix, mais au lieu de tourner à gauche (ce que je fais pour me rendre à l'église), je tourne à droite, et je vais tout droit jusqu'au Calvaire en passant devant la cantine d'Izma. C'est fermé, aujourd'hui, chez Izma. Une couronne de fleurs mauves et blanches accrochée à un clou sur la porte. Juste en dessous de la couronne, tracé gauchement à la craie blanche, cet avis : « Fermé pour cause de décès. » La mort est là. Je m'avance sur la pointe des pieds pour découvrir que le fils d'Izma n'est plus à l'endroit où il s'asseyait d'habitude. Da a raison : n'importe quelle présence vaut mieux qu'une absence. Quand était la dernière fois où j'ai vu le fils d'Izma ? Cette semaine, je crois, mais j'ai déjà oublié le jour. Comment était-il habillé ? Sûrement en bleu. Je le sais parce que Da m'a déjà expliqué la raison : c'est qu'Izma oblige son fils à faire un vœu à la Vierge. Et le bleu est la couleur de Marie. Ai-je déjà vu rire le fils d'Izma ? Même pas sourire. Il est vrai que je ne l'ai pas connu avant sa maladie. Le visage décharné (ses grands yeux surtout) du fils d'Izma restera, je le sens, à jamais dans ma mémoire. Et je ne sais même pas son nom.

Frantz et Rico sont déjà dans la cour de l'école. Ils sont sûrement en train de manigancer quelque chose que j'ignore. Frantz n'est jamais arrivé à l'école à l'heure. Toujours au moins cinq minutes de retard. Et, chaque jour, il raconte un bobard différent au frère directeur. Toujours une histoire très compliquée. Le frère fait semblant d'y croire parce que l'imagination de Frantz doit l'amuser. Quelquefois, il nous raconte son dialogue avec le frère directeur quand celui-ci tente de le coincer et de le confondre avec une histoire vieille de trois semaines. Il s'en sort toujours. Jamais le frère directeur n'est arrivé à le pincer. Faut faire attention à ce que telle vieille tante ne meure pas deux fois, mon vieux. Il nous a expliqué son truc, mais c'est tellement compliqué qu'on lui a demandé de laisser tomber. Il n'y a que Frantz pour imaginer des histoires aussi sophistiquées pour gagner cinq minutes.

— Écoute, dit Frantz, faut que ce soit à la fois simple et compliqué. Simple parce qu'il ne faut pas s'y perdre, et compliqué parce que le frère n'acceptera pas une explication trop banale, genre j'avais mal au ventre.

— Et si c'est la vérité ?

— Fais jamais ça, Vieux Os ! Une seule fois, j'ai essayé de dire la vérité. Le frère directeur m'a regardé d'un air si méprisant que je n'ai plus jamais recommencé... Quand tu dis la vérité, le frère directeur pense que tu te fous de sa gueule.

On se tient toujours sous le grand flamboyant dans la cour de l'école. Le frère directeur a tout tenté pour nous déloger de là. Finalement, il a capitulé et a placé quelques bancs sous l'arbre. Évidemment, personne ne s'assoit. On se tient debout à bavarder jusqu'au son de cloche. Une montagne de sacs d'école au pied du flamboyant (en fleurs au début du mois de juin).

—Qu'est-ce qui se passe ? je demande.

—Rien, dit Frantz.

—Rien, ajoute Rico.

—Ne me raconte pas d'histoires, il se passe sûrement quelque chose pour que Frantz soit à l'heure.

—D'accord, je vais te le dire, jette Rico. Frantz est arrivé tôt pour faire quelques invitations pour la petite fête de demain, chez Nissage.

—Tu t'es levé tôt pour rien, Frantz, je fais. Demain, ce sont les funérailles du fils d'Izma.

—Oh, j'avais oublié ! s'exclame Rico.

—Je ne vois pas le rapport, dit Frantz.

—Eh bien, personne ne viendra à une fête le jour des funérailles du fils d'Izma.

—Tu le connaissais bien ? me demande Frantz.

—Non.

—Alors ?

Je regarde Frantz.

—Tu ne comprends pas. Il est mort, et il va être enterré demain.

—Laisse-moi essayer tout seul, ironise Frantz : il est mort et on va l'enterrer demain, c'est bien ça ? Mais nous, on est vivants, et cette fête a été planifiée depuis longtemps. Où est le problème ? Il va à sa tombe et nous à notre fête.

—Pense un peu, Frantz, dit Rico, on ne peut pas fêter le jour même de ses funérailles.

—On peut toujours faire croire aux gens qu'on va aux funérailles.

—T'es fou ! je fais.

—Moi, dit Frantz, je ne vais pas arrêter de vivre parce qu'un type que je ne connaissais même pas est mort.

Brusquement, la cloche sonne. Chacun plonge sur la montagne de sacs pour récupérer le sien. Frantz, lui, se dirige vers la barrière.

—Où vas-tu ? je fais.

—Je vais faire un tour du côté de la douane.

—Que vas-tu faire là, Frantz ?

—Rien… Je dois voir Légype.

—Frantz ! La classe va commencer.

—Je sais.

—On rentre…

—Écoute, si j'arrive à l'heure, le frère directeur va croire que je suis capable d'arriver à l'heure, donc je fais exprès d'être en retard.

—Il a raison, dit Rico.

—Faut penser à tout, lance-t-il en franchissant la grande barrière verte.

LES ADVERSAIRES

Le vendredi, je ne suis pas obligé de rentrer à la maison tout de suite après la classe. Le vendredi, je peux traîner. Généralement, il y a un duel entre un élève des Frères et un autre de l'École nationale des garçons. Pour dire les choses comme elles sont : jamais jusqu'à présent un élève de notre école n'a battu au pugilat quelqu'un de l'École nationale. Et cela s'explique. D'abord, à notre école, on ne tolère personne de plus de treize ans, alors que, à l'École nationale, il y a des élèves de dix-huit ans. Ensuite, ce sont pour la plupart des fils de paysans qui travaillent durement dans les champs depuis l'âge de six ans. Nous (ceux de l'école des Frères), tout ce que nous entendons autour de nous c'est : « Le seul travail que je te demande de faire c'est d'étudier. » Alors que ceux de l'École nationale, dès qu'ils sortent de l'école, doivent rejoindre leur père dans les champs. Ce qui fait que si on les domine dans les choses de l'esprit, le rapport est nettement à l'opposé dans les jeux de force. En termes crus : chaque vendredi, ils nous flanquent une bonne raclée. Mais aujourd'hui, cela risque d'être intéressant. C'est Batichon contre Lipcius.

Lipcius est une sorte de brute de l'École nationale, alors que Batichon est le seul vrai voyou qu'on ait jamais eu à notre école. Il peut battre n'importe qui quand il n'est pas soûl. Le problème c'est qu'il est généralement soûl. Son père possède une guildive sur la rue Dessalines, juste en face du petit chemin qui mène au lycée. Batichon arrive régulièrement ivre à l'école. Surtout l'après-midi. Le matin, il ne peut pas boire puisque le vieux est encore à la maison. Il ne se rend à sa guildive de Petite-Guinée que vers midi. Après dîner, Batichon se couche sur le dos exactement sous le robinet du grand baril de tafia qui se trouve dans la salle de séjour. Et il ouvre le robinet pour boire tout son soûl. C'est comme ça dans la famille. De père en fils. À treize ans, Batichon est déjà un alcoolique de premier ordre. Même pour une pareille famille, c'est exceptionnel.

Notre professeur, maître Tirésias, fait semblant de ne pas remarquer que Batichon est toujours soûl l'après-midi, parce que lui-même s'approvisionne chez les Batichon. C'est normal, ils fabriquent le meilleur alcool de la ville. Chaque après-midi, maître Tirésias joue au domino (le jeu favori de Saint-Vil Mayard) avec le vieux Raton, l'officier du service d'hygiène, un certain Ulrick, Occlève et Pierre-Louis, le propriétaire de l'épicerie Notre-Dame. Maître Tirésias aurait pu rejoindre facilement l'équipe de la rue Lamarre puisqu'en tant qu'enseignant il fait dûment partie de l'intelligentsia de la ville, mais il déteste ce qu'il appelle les snobs du salon de coiffure. Quand Tirésias n'est pas au domino, on peut être sûr de le retrouver sur la plage, derrière le marché. C'est là qu'il boit sec (avec citron) en compagnie des pêcheurs qui reviennent de l'île de La Gonâve. La vieille Délia leur prépare du poisson grillé qu'ils dégustent avec du piment fort sans cesser d'expédier Légype chercher du tafia à la guildive du vieux Batichon. Légype n'a qu'à dire qu'il vient de la part de maître Tirésias. Il lui arrive de passer le week-end sur la plage à boire du tafia et à manger du poisson grillé. Le pantalon retroussé jusqu'au genou pour que les vagues ne puissent l'atteindre, il dort (ce qui est très rare) sous la tonnelle qui sert de cuisine le jour à la vieille Délia. Maître Tirésias se réveille le lundi matin, juste à temps pour filer chez lui à côté de l'église : se doucher, se raser, s'habiller et se rendre à l'école. C'est pour cette raison que Batichon et maître Tirésias se protègent l'un l'autre. Il arrive à Batichon, certains après-midi torrides, de ne pas savoir où il est, comme il arrive à maître Tirésias, quand il a ces yeux rouges et ce regard fixe, de ne pas savoir qui nous sommes. Dans ces moments-là, on sent chez eux une réelle solidarité comme s'ils étaient plutôt collègues que professeur et élève.

LE PUGILAT

— On y va, lance Rico.

Quand nous sommes arrivés sur le petit terrain derrière le lycée, la moitié de la ville était déjà là. Les élèves de l'école Maurice-Bonhomme, ceux de l'École nationale des garçons, et aussi ceux de l'école des Frères. Une dizaine de filles sont disséminées dans la foule. Ils ont fait un grand cercle autour de Lipcius qui parade comme un paon. Les élèves de l'École nationale des garçons, comme toujours, tentent d'intimider ceux qui ne portent pas le même uniforme qu'eux. Quatre ou cinq petites bagarres éclatent un peu partout dans la foule. Des étincelles qui s'éteignent immédiatement. On attend avec impatience la vraie bagarre. Batichon contre Lipcius. Et Batichon n'est pas encore là. Personne ne s'en inquiète vraiment. Tout le monde sait que Batichon n'est pas un lâche. Nous, de l'école des Frères, avons plutôt peur qu'il s'amène déjà soûl. EN EFFET. Le voilà qui arrive du fond de la ruelle. Il tient à peine sur ses jambes. Le visage rouge comme une écrevisse. Il a dû séjourner trop longtemps sous le robinet de tafia. La chemise ouverte sur un torse luisant. Batichon pue l'alcool à plus de cent mètres. Il entre dans le cercle, s'approche calmement de Lipcius et lance un vigoureux coup de poing qui atteint Lipcius à la mâchoire. La foule (en particulier les élèves de l'école des Frères) hurle à la mort.

— Tue-le, Batichon ! Tue-le !

Lipcius finit par se réveiller et contre-attaque immédiatement avec un solide coup de poing au plexus. Batichon plie en deux. Un coup à la gorge le déplie. À partir de ce moment, on n'entend plus que les gueulantes des brutes de l'École nationale des garçons.

— Achève-le ! Frappe-le !

Le nez de Batichon saigne.

— DU SANG ! DU SANG ! DU SANG !

Roblès sort de sa case. C'est le gardien du lycée. Il habite dans une maisonnette, au fond de la cour. Silence de mort. Frantz et moi, on profite de cette accalmie pour emmener Batichon à la fontaine. On le flanque sous l'eau jusqu'à ce qu'il dessoûle. Roblès finit par rentrer dans sa case. Complètement mouillé, Batichon retourne vers le centre du cercle. Il fait un geste de la tête, comme un cheval qui tente de chasser une nuée de mouches. Ses yeux paraissent plus vifs. Il a l'air de savoir maintenant où se trouve Lipcius. Lipcius s'approche avec assurance de Batichon, croyant l'affaire dans la poche, quand ce dernier l'étend raide sur le dos. Le fameux coup de poing à la tempe de Batichon. Imparable.

Alors nous crions :

— Tue-le, Batichon ! Tue-le !

Batichon se jette sur Lipcius. Un carnage. On hurle. Roblès arrive cette fois avec un bâton. En moins de douze secondes, le terrain s'est vidé, laissant sur le sol Batichon encore aux prises avec Lipcius. Roblès finit par les chasser à coups de bâton. La foule qui attendait Batichon à la barrière du lycée le porte en triomphe jusqu'à la grande place, en face des casernes.

Finalement, le sergent Bazile fait disperser la foule. De toute façon, c'est l'heure de rentrer à la maison pour avaler vite une collation, se changer pour se retrouver quelque part avant la tombée du jour. C'est durant l'après-midi qu'on prépare sa soirée. Rico nous donne rendez-vous sur la rue La-Justice, pas loin de l'église du pasteur Doll. Rico doit remonter chez lui, manger, se changer et redescendre avant le crépuscule. Frantz a un rendez-vous avec Légype près de la douane. Moi, je rentre tout de suite à la maison. Je n'ai qu'à remonter la rue Lamarre jusqu'au 88. Je peux voir si Da est sur la galerie d'assez loin, disons à partir du salon de coiffure de Saint-Vil Mayard. Le salon est encore vide, seule une petite fille est en train de balayer les cheveux. Da n'est pas sur la galerie. Elle est sûrement en train de se préparer du café neuf dans la cour, sous la vieille tonnelle. Une chance, parce que je viens juste d'apercevoir un accroc à mon pantalon. C'est pas très visible, mais Da a l'œil pour ce genre de choses. Tout de suite après la grande maison en bois des Rigaud, je prends un raccourci pour déboucher devant le garage de Bruny Laplace. La moitié du corps de Bruny se trouve sous le camion de Gros Simon. Il entend mes pas, m'appelle – « Hey toi ! » – pour que je lui passe la grosse clé anglaise. C'est son habitude de faire travailler quiconque passe à côté de lui quand il est sous un camion. Je remonte la rue Desvignes, traverse la cour de Naréus pour déboucher chez moi, à côté du bassin d'eau. Je me lave le visage, les aisselles et les pieds (les endroits stratégiques). J'entends Da qui converse avec Fatal. Elle lui apprend que la loge maçonnique est en train de célébrer une cérémonie funèbre à l'intention du fils d'Izma.

C'est la raison pour laquelle il n'y a personne au salon de coiffure. Le père du fils d'Izma est un ancien vénérable. Parfois, ce genre de cérémonie dure toute la nuit. Je le sais parce que les francs-maçons en ont fait une semblable à mon grand-père et elle a duré trois jours. Je termine ma toilette. Da est déjà sur la galerie.

— Où étais-tu ?

— Là, Da.

— Là où ?

— Dans les environs.

— J'espère que tu n'étais pas avec ceux qui faisaient tout ce vacarme cet après-midi.

Da sait bien que j'étais avec eux. Elle sait aussi que je sais qu'elle le sait. C'est une vieille histoire entre nous.

— Non, Da.

— Très bien...

— Je peux aller faire un tour, Da ?

— Oui, mais je veux savoir où tu seras si jamais j'ai besoin de toi.

Da dit toujours ça, mais elle n'a jamais eu besoin de moi.

— Près du port.

— Fais attention à la mer... Mais auparavant, va me chercher le pantalon avec du fil et une aiguille. Je vais le raccommoder tout de suite.

— Quel pantalon, Da ?

— Celui que tu viens de changer.

Je reste un moment abasourdi.

— Oui, Da.

Je me demande quand elle a vu ce minuscule accroc à mon pantalon.

— Grâce à Dieu, fait-elle avec le sourire du chat qui vient d'avaler une souris, je ne suis pas encore gâteuse.

Rico a repéré les filles du pasteur. Elles sont assises sur la petite galerie, juste à côté du temple Ebenezer. On les épie depuis un certain moment, cachés derrière le vieux mur jaune de l'ancien cinéma Faustin. On essaie de mettre au point une stratégie. Toujours la même. D'abord, le siège. Ce qui consiste à passer au moins une douzaine de fois devant la maison où elles se tiennent. À chaque tour, on se rapproche un peu plus d'elles jusqu'à ce qu'elles se mettent à rire nerveusement. Cette stratégie ne peut être efficace que le vendredi. Le lundi est à éviter comme la peste. L'après-midi est recommandé parce qu'à cette heure les rues sont généralement désertes. La plupart des gens sont encore à leur sieste, ou sont assis dans leur cour en train de siroter un café. Seules les filles se tiennent sur la galerie. C'est donc le moment de tester nos stratégies. D'abord faire gaffe à la vieille sorcière, cachée derrière ses persiennes, qui passe sa vie à épier les gens. Il y en a une dans chaque rue. Prière de ne pas grimper sur la galerie d'une fille que l'on courtise. Il reste la technique du pigeon voyageur. On demande à un enfant (tout individu de moins de dix ans) de remettre un billet doux à la fille concernée. Là encore c'est risqué. Si la vieille sorcière remarque le manège, vous êtes fait. C'est Tony Auguste qui m'a appris la technique du pigeon voyageur. Il y a aussi le siège rapproché qui consiste à s'installer sur une galerie voisine de la maison visée (celle où se trouvent les filles). Généralement, ces préliminaires ne durent guère plus d'un quart d'heure. Après, c'est l'attaque. Toujours fulgurante. Pour dire honnêtement, cela ne s'est pas passé ainsi aujourd'hui. Dès que les filles du pasteur nous ont vus au bout de la rue, elles nous ont fait signe de venir les retrouver. Seul Rico est allé vers elles. Frantz et moi, nous avons continué notre chemin comme si nous ne les avions pas remarquées. Rico a tenté de nous faire revenir sur nos pas, mais nous avons marché jusqu'au petit cimetière. Installés sur une tombe, nous avons attendu son retour. Ce comportement étrange ne faisait partie d'aucune stratégie. Simplement : Frantz n'était au courant de rien, et moi, j'ai paniqué à la dernière minute. Je suis très bon pour monter un coup, mais au moment de passer à l'action, neuf fois sur dix, je flanche. Je me sens coupable d'avoir laissé mon compagnon seul dans la gueule de ces tigresses assoiffées de sang païen.

LE PETIT CIMETIÈRE

Frantz a sorti une Splendide qu'il a cassée en deux. Il m'a donné une moitié, et est ensuite parti chercher du feu. J'aime bien ce cimetière (celui des enfants). Les tombes sont basses, et l'herbe haute. Quelques cabris en train de brouter près de l'entrée. Un silence presque total, sans ce léger bourdonnement que je n'arrive pas à repérer. Finalement, je l'ai vu. C'était à moins de cinq mètres. Un chien mort. Couché sur le côté dans l'herbe. Le ventre gonflé tout couvert de mouches aux reflets verts. Frantz est revenu avec sa cigarette allumée. J'allume la mienne. Et nous fumons en silence.

Frantz lance son mégot encore allumé au loin.

— Des fois, je pense à la mort... Ne plus être là... Je me demande toujours ce qui se passe après. J'essaie d'y penser, mais je n'y arrive pas. Des fois, je vois quelque chose...

— Tu vois quoi ? dit Frantz d'une voix terne.

—Jaune… La mort est jaune.

—Qu'est-ce qui te fait dire ça ?

—C'est arrivé l'année dernière. J'avais une forte fièvre. J'étais seul dans la chambre. Da était sur la galerie. Brusquement, tout était devenu jaune. Je voyais tout distinctement, mais en jaune. La chambre, les lits, la penderie, même la statue de la Vierge. C'était jaune partout, et ça sentait la fleur d'oranger… J'entendais la voix de Da, très loin. Elle négociait avec la marchande de poules qui refusait son prix chaque fois avec le même argument qu'elle perdrait de l'argent si elle lui vendait la poule à ce prix. J'avais l'impression d'être au seuil de la mort, mais que mon cerveau continuait, sans raison, d'enregistrer cette conversation.

—C'était peut-être un rêve.

—Non, Frantz, c'était la réalité. Da me l'a confirmé. La marchande de poules était effectivement passée. Le plus étonnant, c'est que de la chambre je n'arrive jamais à l'entendre quand elle est sur la galerie. Tous mes sens étaient à ce point aiguisés. Et il y avait cette odeur de fleur d'oranger qui m'étouffait. Je suffoquais littéralement. À partir d'un certain moment, j'ai commencé à me sentir bien. Très bien même. Je ne souffrais plus. C'était merveilleux.

—Et alors ?

—Da est entrée dans la chambre et a poussé un cri. On a fait venir le docteur Cayemitte qui m'a fait une piqûre. Da m'a dit, quelque temps plus tard, que, selon le docteur Cayemitte, c'était une affaire de minutes. Si Da était restée une dizaine de minutes de plus sur la galerie…

J'ai toussé cinq à six fois avant d'éteindre la cigarette. Je ne suis pas un aussi bon fumeur que Frantz qui fume depuis trois ans. C'est son père qui lui a appris à fumer. Il le traite comme s'il était un adulte, et Frantz se comporte certaines fois comme s'il en était vraiment un. On dirait que les choses qui nous excitent, Rico et moi, ne lui disent absolument rien. L'école ? Il s'en fout. Il traite les livres comme si c'étaient des pierres. Il ne les prend que pour les lancer contre un mur. Les filles ? Il ne les comprend pas du tout. Elles ne le comprennent que trop bien. Au fond, il n'est ni un enfant, ni un adulte. Rico et moi, nous pouvons passer tout un après-midi à parler de lui. Nous avons l'impression qu'il n'est pas toujours avec nous. Plutôt seul. Dans son monde.

— Et toi, Frantz, ça ne te fait pas peur de mourir ?

— Je ne pense jamais à ça.

— Et tu penses à quoi ?

— J'aimerais être le seul être vivant sur la Terre. Si pour une raison quelconque, tout le monde meurt, et que je sois le dernier humain…

— Pourquoi ?

Il jette un regard froid sur les tombes qui nous entourent.

— J'aimerais être seul.

— Tu t'ennuieras bien vite tout seul sur la Terre, Frantz.

— Jamais.

J'ai la certitude qu'il le pense vraiment.

LA FUITE

Rico arrive en courant vers nous, trébuchant sur les tombes.

— Qu'est-ce qui se passe ? je demande.

— Il m'a touché.

— Qui t'a touché ?

— Le pasteur. Il m'a frappé avec sa bible.

Frantz et moi, nous nous mettons à rire.

— Vous riez… Il a failli m'assommer avec trois coups sur la tête, clame Rico encore sous le choc.

— On ne comprend rien à ce que tu racontes, jette Frantz.

Rico respire à fond pour reprendre son souffle.

— Quand vous m'avez laissé tomber, commence Rico avec un furieux coup d'œil à chacun de nous, je suis allé auprès des filles. Au départ, elles étaient très gentilles avec moi. Elles voulaient savoir pourquoi vous êtes partis, et j'ai dit que c'est parce que vous aviez peur d'elles.

— On n'avait pas peur d'elles, je réplique un peu piqué, on voulait te céder toute la place, c'est tout.

— Peur des filles, tu rigoles, murmure Frantz tout en observant un lézard sur une tombe.

— De toute façon, dit Rico, on a commencé à bavarder gentiment puis leur père est arrivé. Il m'a fait entrer dans la maison. À peine arrivé au salon, il m'a ordonné de m'agenouiller et a commencé à hurler que le diable m'habitait, que le démon a établi sa demeure dans mon cœur, que je ne pensais qu'au mal… Il a continué comme ça pendant une dizaine de minutes.

— Et les filles ? je demande.

— Elles étaient là, autour de moi, me tenant par la main et m'adjurant de renoncer au démon. À un moment donné, il s'est mis véritablement en colère contre le démon. Et c'est là qu'il m'a frappé avec sa bible. Trois fois. J'ai cru que j'allais m'évanouir. J'ai fait semblant d'être habité par un esprit malin, et je me suis mis à hurler des obscénités. Il a demandé à une de ses filles d'aller lui chercher quelque chose dans la chambre, et il s'est mis à prier en me tenant fermement agenouillé. Moi, je n'ai pas arrêté de hurler les pires obscénités. La fille est revenue lui dire qu'elle n'avait rien trouvé. Il est parti comme une flèche dans la chambre. J'ai poussé un long cri en me lançant vers la porte… C'est comme ça que j'ai pu m'échapper. Ce type est un vrai fou ! Et ses filles sont pareilles ! je n'ai jamais eu autant peur, et dire que tout ça est arrivé à cause de votre lâcheté.

Je ne réponds pas à cela. Da dit qu'il faut savoir se taire parfois. Surtout quand on a tort. Frantz regarde le lézard descendre calmement de la tombe pour se faufiler dans l'herbe haute.

LE DESTIN

La première goutte de pluie m'atteint à l'œil gauche, suivie d'une autre sur le front. Je tends à présent mon visage vers le ciel. La bouche ouverte.

— Qu'est-ce que tu fais là ? demande Frantz.

— Il va pleuvoir, lance Rico un peu moins bêtement.

En effet, la pluie était déjà là. Comme si quelqu'un venait d'ouvrir d'un coup toutes les vannes du ciel. Le temps de se rendre du cimetière à la maisonnette d'en face, chez la vieille Nozéa, nous étions déjà trempés jusqu'aux os.

Comme toujours, elle était assise dans un coin sombre de la maison. Une voix venant des ténèbres.

— Qui êtes-vous ?

— Frantz.

— Ah, dit-elle, ton grand-père Philéas vient juste de passer. Tu ne l'as pas croisé sur ton chemin ?

Frantz nous jette un regard à la fois étonné et amusé.

— Non. Je ne l'ai pas connu. Il est mort avant ma naissance. Vous parlez sûrement de mon père ?

La vieille relève lentement son visage ridé vers Frantz.

— Je sais très bien ce que je dis, jeune homme. Tu es bien Frantz, le fils de Georges Coutard ? Bon, eh bien, je viens juste de voir passer Philéas sur le pont.

La vieille s'occupe un moment à raviver un feu agonisant que je n'avais pas remarqué en arrivant. Rico veut s'en aller. Je lui montre le ciel. Il pleut à boire debout. On voit à peine le petit cimetière de l'autre côté de la rue. Le docteur Cayemitte passe tranquillement, à bicyclette, devant nous pour disparaître tout de suite après. Un bruit de mitraille sur la toiture en tôle.

— Chaque après-midi, je vois passer Philéas devant la porte, dit la vieille Nozéa en pointant son doigt osseux vers la rue. Autrefois, il me saluait. Maintenant, il passe tout droit et se dirige vers le pont qui mène au grand cimetière. Toujours bien habillé, à vrai dire. Un vrai gentleman, lui.

Le regard songeur de la vieille Nozéa en direction du cimetière.

— Ils passent tous devant chez moi pour aller là-bas, à leur dernière demeure. Je suis née ici, dans cette maison. Je ne l'ai jamais quittée. J'ai vu passer tout le monde devant cette galerie : grands et petits, puissants et pauvres, hommes et femmes. Moi aussi, je veux m'en aller de cette vie, mais mon fiancé ne veut pas encore de moi. Et pourtant, je m'occupe bien de lui. Chaque midi, je lui donne à boire.

— C'est qui votre fiancé ? demande étourdiment Rico.

Sans se retourner, la vieille prononce son nom en baissant pudiquement la voix.

— C'est Baron. Baron Samedi, le maître des cimetières. L'amant de toutes les femmes. Mais moi, je l'aime plus que toutes les autres. Toutes celles qu'il a eues. Vous ne pouvez pas savoir combien il est élégant. Le jour où je danserai dans ses bras sera le plus beau jour de ma vie.

La vieille Nozéa remonte son madras pour découvrir complètement son front.

— Venez voir, les enfants, dit-elle... J'ai une coiffe ici qui me permet de voir les esprits et de connaître l'avenir. Toi, donne-moi ta main. Donne ta main à la vieille Nozéa...

Rico a un petit mouvement de recul. La vieille lui attrape la main. Son visage devient cendreux instantanément.

— Je vois une terrible maladie... Tu vas souffrir, mon fils. Oh, Baron Samedi, maître des cimetières, pourquoi vous ne me le donnez pas ?

La vieille Nozéa s'est mise à genoux.

— Donnez-le-moi, Baron, et je m'en occuperai comme de ce fils que nous n'avons pas eu...

Rico finit par dégager sa main. La vieille continue encore un moment sa lamentation. La pluie a baissé. On s'apprête à partir.

— Hé, ne partez pas. Je n'ai pas encore fini. Toi, viens ici. Viens, ici, Philéas...

— Philéas, c'est mon grand-père, dit sombrement Frantz.

— Je sais, je sais, grommelle la vieille Nozéa. Donne-moi ta main. Voilà...

Elle regarde Frantz droit dans les yeux.

— Il y a une chose que je ne comprends pas, finit-elle par dire.

— Qu'est-ce qu'il y a ? je demande à la place de

Frantz changé en statue de sel.

— Oui, il y a quelque chose de trouble. On dirait quelqu'un… C'est ça. C'est quelqu'un. Il y a quelqu'un en toi que je n'arrive pas à identifier. Il se cache. Je me demande pourquoi…

Frantz devient tout pâle. Lui qui tout à l'heure, au cimetière, affirmait que la mort ne l'impressionnait pas. Celui qui voulait rester seul sur la planète.

— Qui que tu sois, réponds-moi ! hurle à présent la vieille. C'est Nozéa qui te parle, tu dois t'identifier. Montre ton visage. Je n'ai pas peur de toi. (La vieille se redresse comme pour faire face à l'inconnu.) Si c'est ce que je pense, dis-le. Fais-moi un signe. Oui, Nozéa n'a pas peur de qui que ce soit. Fais-moi un signe.

Le visage de la vieille femme semble frappé d'une horreur sacrée, comme si elle venait de voir ce qu'il ne fallait pas voir. Sa voix tremble.

— Oui, papa… Excuse-moi de t'avoir dérangé. Oui, oui, oui… Oui, papa…

Elle regarde Frantz maintenant avec un mélange d'effroi et de respect.

— Tu n'es pas seul, mon fils, finit-elle par murmurer.

La vieille Nozéa semble brusquement très fatiguée. Je lui donne ma main qu'elle prend d'un geste las.

— Toi, dit-elle, c'est beaucoup plus simple.

— Ah bon, je fais, un peu déçu.

— Tu voyageras.

C'est ce qu'on dit à tout le monde.

— C'est tout ? je demande.

— Oui, dit la vieille encore épuisée par son combat de tout à l'heure.

— Et j'irai où ?

— Je suis un peu fatiguée, mon fils… Je vais me

reposer un moment, dit-elle d'une voix fêlée. Mon fiancé m'attend. Je vais dormir dans ses bras.

Juste avant de s'allonger, elle me jette un regard d'une douceur insoutenable.

— Tu voyageras, répète-t-elle, mais tu reviendras mourir à Petit-Goâve.

Comme pour me consoler.

SUR LE CHEMIN

La pluie a cessé depuis un moment. On sent encore l'odeur de la terre.

— Cette vieille folle t'a fait peur ? lance Rico à Frantz.

— Je lui ai fait peur, rectifie Frantz.

— C'est pas toi, c'est l'autre qui est caché en toi, reprend Rico en rigolant. Moi, il paraît que je vais être très malade. (Il imite la voix chevrotante de la vieille Nozéa.)

— Elle dit la même chose à tout le monde, lance Frantz. C'est comme ça qu'elle gagne sa vie. Tu lui donnes une gourde, et elle te raconte ton avenir en détail.

— Ce que je ne comprends pas, dis-je, c'est qu'elle ne nous a pas demandé un sou.

Un long silence.

LE CHEVAL DE RODRIGUEZ

Un cheval sellé (sans cavalier) passe au galop très près de nous. Rico s'est jeté dans le petit fossé devant la loge maçonnique pour l'éviter.

— Ça commence bien, dit Rico en se relevant. Cette sorcière m'a sûrement jeté un sort.

Le propriétaire du cheval arrive en boitant.

— Avez-vous vu passer un cheval ? demande-t-il.

— Oui, dis-je, continuez tout droit vers le cimetière. Il se dirigeait par là.

— Merci, je vais le rattraper tout à l'heure, je sais où il est. Il aime aller brouter là-bas. Je ne sais pas ce qu'il trouve à l'herbe du cimetière, mais il en raffole.

— C'est un beau cheval, ajouté-je pour le flatter parce qu'il a l'air d'en être fou.

— Il a failli me passer dessus ! lance Rico sur un ton furieux.

L'homme jette un bref regard à Rico.

— Ce cheval me tuera ou je le tuerai, dit-il sur un ton joyeux.

Rico semble de plus en plus en colère que l'homme fasse si peu cas de lui.

— Dire qu'on m'a offert une fortune pour cette bête... Une fortune... Bombace a voulu l'acheter pour son fils, mais j'ai refusé. Je ne sais pas pourquoi je m'attache à ce cheval. Tu sais (il ne s'adresse qu'à moi depuis que je l'ai complimenté à propos de son cheval) ce qu'il vient de me faire ?

— Non, dis-je en souriant bêtement.

Je fais traîner la conversation, uniquement pour faire enrager Rico.

— Comme tu le vois, je suis déjà habillé. Je vais à la fête patronale aux Palmes. Je selle le cheval. Je le monte, et immédiatement il me jette par terre et s'enfuit. C'est un jeune cheval très têtu, mais je le suis plus que lui... (Il se frappe le front.) Je vais le chercher, et il verra à qui il a affaire. (Il se met à rire.) Je parle ainsi, mais je ne l'ai jamais frappé, si je mens, que Dieu me change le tafia que j'ai dans le corps en poison violent. Jamais je n'ai frappé ce cheval. J'aime ce cheval d'amour, ça t'étonne d'entendre ça, mais c'est vrai. Je l'aime plus que je n'ai aimé aucune femme. Et le pire, c'est qu'il le sait.

Rico et Frantz marchent en avant, me faisant savoir de ce fait qu'ils n'ont aucunement envie d'écouter cet imbécile. C'est bizarre, moi, je le trouve intéressant. Je n'aime pas spécialement les chevaux, mais j'aime comment il en parle. Il a l'air d'aimer vraiment son cheval.

—Toi, me dit-il en me retenant par la manche (je marche un peu vite voulant raccourcir la distance entre moi et les amis), tu n'es pas le petit-fils de Da, par hasard ?

—Oui.

—Ah, je le savais. Je vais dire à Da qu'elle t'a bien élevé. C'est rare de nos jours, un garçon qui reste gentiment à écouter quelqu'un qu'il ne connaît pas. C'est vraiment rare... (Il se gratte la tête.) Dis à Da que j'ai été à Bainet et que j'ai vu l'homme qu'elle m'avait recommandé. Je passerai la voir, dis-lui simplement que tu as vu Rodriguez.

Il me quitte avec un large sourire. Il boite toujours un peu. Je le regarde, un moment, presser le pas pour rejoindre son cheval bien-aimé.

UN ESPRIT PUISSANT

Frantz et Rico tournent déjà au coin de la rue Geffrard.

—Attendez-moi, les gars !

On a conduit Rico jusqu'au marché, mais une marchande lui a dit que sa mère venait tout juste de partir. Rico se lance à sa poursuite. Pour une fois, il emprunte la route de la Hatte.

Frantz et moi, nous avons remonté la Grand-Rue jusqu'à la petite place faiblement éclairée, sise en face du magasin des Martinez. Frantz s'est assis sur un banc de la place.

— Tu crois à ce qu'a dit la vieille Nozéa ? me lance Frantz à brûle-pourpoint.

— Oui et non.

— Sois plus clair, Vieux Os.

— Je ne sais quoi penser. On ne sait jamais…

Un long moment de silence. Frantz semble songeur.

— Tu sais que ce n'est pas la première fois qu'on me dit ça…

— Qu'on te dit quoi, Frantz ?

— Que je suis habité par un esprit puissant.

— Ah bon ?

— Quand j'étais petit, je faisais des crises tout le temps. De terribles crises. Même mon père ne pouvait me faire cesser de crier. Je hurlais. Je pouvais passer des heures à hurler sans m'arrêter. Le docteur Cayemitte me faisait des piqûres qui me brûlaient pour me calmer, mais ça m'excitait encore plus. Une fois, il m'a donné un médicament qu'il utilisait pour dompter les chevaux trop sauvages, et comme ça n'a eu aucun effet, alors il a dit à mon père que la science médicale ne pouvait plus rien pour moi.

— Bon Dieu !

— Mon père était désespéré. Finalement, quelqu'un a conseillé à ma mère d'aller voir Rose Enfer.

— Une femme !

— Non, un homme. Et c'est lui qui a révélé à mon père que je suis habité par un esprit très fort. Vraiment puissant. Il a dit à mon père que j'aurai à faire un choix très important, un jour.

— Quel choix ?

— J'aurai à choisir entre Dieu et le diable. Il paraît que c'est pour cette raison que je faisais ces terribles crises. Deux esprits puissants se disputent mon esprit.

— Et qui a gagné ?

— Personne pour le moment. Ce sera à moi de faire le choix.

Je laisse là Frantz qui attend Légype pour l'accompagner à Petite-Guinée. Le vendredi soir, Frantz peut rentrer chez lui à n'importe quelle heure. De toute façon, son père doit être en ce moment chez Germain, en train de boire et de faire la fête avec des filles de mauvaise vie. Da déteste Germain. Elle dit qu'il est un corrupteur de la jeunesse. Germain organise des jeux de hasard, des combats de coqs, tout en dirigeant un dancing près du port. Je pense à ce que m'a dit la vieille Nozéa. Je partirai, mais je reviendrai mourir à Petit-Goâve. Il fait très noir, ce soir. Pas de lune. Je m'enfonce de plus en plus dans les ténèbres. Naréus rentre de Boucan-Bélier. Il marche à côté de son cheval. Il me croise sans me voir. Da est déjà rentrée se coucher. Elle est de plus en plus triste, depuis que Bombace lui a demandé la maison. Le notaire Loné, m'a-t-elle dit ce matin, est en train d'analyser les documents de Bombace pour voir s'il n'y a pas une faille légale. Je vais directement me laver les pieds dans le bassin d'eau, près du manguier. J'entre sans bruit dans la maison. Je jette un coup d'œil du côté du grand lit : Da est en train de dormir. Je me glisse dans mon lit après cette journée interminable.

— Tu n'as pas fait ta prière, Vieux Os ?

Comment ai-je pu oublier : Da ne dort jamais avant que je ne m'endorme. Et elle se réveille toujours avant moi. En fait, je ne l'ai jamais vue en train de dormir.

— Da, j'ai fait ma prière tout à l'heure, pendant que je m'en venais.

Da sourit. Je ne m'en sortirai pas pour autant.

— Va t'agenouiller, et dis au moins un *Notre-Père* et deux *Je vous salue, Marie,* ça suffira.

J'aurais pu négocier un seul *Je vous salue, Marie,* mais j'ai préféré obéir afin de regagner mon lit le plus vite possible. Je me suis agenouillé devant la Vierge, et j'ai fait ma prière à toute vitesse.

— Tu as vu Nozéa, Vieux Os ?

— Comment le sais-tu ?

— Elle est venue me parler de toi, tout à l'heure.

— Ah oui…

— Elle m'a dit qu'elle ne voulait pas t'en parler devant tes amis, mais que tu feras quelque chose dans la vie.

— Elle n'a pas dit ce que je ferai, Da ?

— Elle est restée muette là-dessus. Je lui ai offert une autre tasse de café. Elle l'a bu, et elle est partie tout de suite après. Je n'avais pas vu Nozéa depuis vingt ans.

L'ATTENTE

Je ne sais pas ce que je fais ici. C'est Rico qui voulait cette fête. Frantz ne s'y est intéressé que quand on lui a dit qu'on devait l'annuler à cause des funérailles du fils d'Izma. Moi, je déteste les fêtes. L'affaire, c'est que je ne sais pas danser. Souvent les filles se moquent de moi à cause de ça. Dès que j'arrive à une fête, la première chose que je fais c'est de me trouver un coin. Là, j'observe. Frantz n'est pas encore arrivé. Rico est dans tous ses états. Ça fait la cinquième fois qu'il passe devant moi sans me remarquer. Ce n'est qu'à la huitième fois qu'il s'aperçoit de ma présence.

— Où étais-tu ?

— Là.

Je sais que ça l'enrage de me voir si calme.

— Pas vrai, dit Rico déjà en sueur, ça fait une demi-heure que je te cherche.

— C'est exact, ça fait une demi-heure que je te vois passer devant moi comme un fou.

— T'as pas vu Frantz ?

— Non. Et toi ?

Rico me regarde d'un air presque hagard.

— Si Frantz n'est pas là dans cinq minutes, je crains que les filles ne commencent à partir.

— Pourquoi ? je fais sur un ton faussement candide.

— T'es fou ou quoi ! C'est moi qui fais tout, dit-il avec cet accent suraigu qu'il attrape quand il est au bord de la crise de nerfs. Toi, tu restes dans ton coin à attendre je ne sais quoi, et Frantz qui ne vient même pas. C'est la dernière fois que j'organise quelque chose !

Je ne le crois pas. Rico a la manie d'organiser des parties. Le problème, c'est qu'il donne trop souvent des fêtes, et comme il invite toujours les mêmes personnes, alors on s'ennuie un peu à ses surprises-parties. Je soupçonne (lui aussi) que les filles ne s'y pointent que dans l'espoir de rencontrer Frantz.

— Où est Frantz ?

Rico se retourne vivement pour se retrouver face à Edna.

— Le voilà qui arrive, dis-je en regardant par la fenêtre.

Le visage d'Edna s'illumine, comme s'il était éclairé de l'intérieur par une ampoule électrique.

SEUL DANS MON COIN

Frantz m'a tout de suite trouvé.

— Je savais que je te trouverais ici.

— Je n'aime pas me mêler à la foule, dis-je.

Frantz rit. Tu parles d'une foule : il n'y a pas plus d'une dizaine de personnes ici. Lydia, Edna, Fifi, Frantz, Rico, Vava (que j'essaie d'éviter à tout prix pour une raison opposée à celle qui me fait fuir Fifi), ma cousine Didi, Tony Auguste (le seul rival de Frantz), Suzette (une fille de Petite-Guinée que Légype a amenée sans toutefois rester), Éva (la petite amie en titre de Tony Auguste) et moi.

— Tu aimes bien être seul, toi, dit-il avec un sourire admiratif.

— Oui, mais je ne le serai plus si tu restes encore cinq minutes dans mon coin.

— Qu'est-ce qui te fait dire ça ? demande-t-il candidement.

Frantz est à la fois conscient et inconscient de l'influence qu'il exerce sur les filles. Ça dépend du moment.

— Bon, si tu restes encore un peu, tu verras que comme par hasard, toutes les filles vont se retrouver dans cette pièce pourtant bien à l'écart.

— Toujours en train de blaguer, toi, dit-il en s'en allant tout de même.

De nouveau seul dans mon coin.

MON PROBLÈME

J'ai un petit problème. En fait, un gros. J'aime Vava, mais c'est Fifi qui m'aime. Je les fuis toutes les deux.

— Vava aimerait te voir, me dit ma cousine Didi que

je n'avais pas vue arriver.

— Pourquoi ? je demande, un peu paniqué.

— Je ne sais pas, jette-t-elle avec ce quart de sourire démoniaque qu'on voit poindre sur son visage quand elle refuse de te dire quelque chose que tu aimerais follement savoir.

— Oh, je vois, dis-je avec une pointe de dépit, elle espère que je m'amènerai avec Frantz.

— Je ne crois pas, minaude Didi.

Didi m'énerve quand elle parle comme ça. On dirait qu'elle veut me confier quelque chose, et qu'en même temps elle ne veut rien dire.

— Si tu ne me dis pas ce qu'elle me veut, Didi, je n'irai pas.

— *Tu fais à ta tête*, lance-t-elle en haussant les épaules.

— Ça va… Où est-elle ?

Didi est partie sans un regard pour moi. Elle sait bien que je sais très bien où se trouve Vava. Ce qui est vrai. Depuis son arrivée, je ne vois qu'elle, même si ça me fait toujours très mal au ventre chaque fois que mon regard croise le sien. Je suis toujours le premier à baisser les yeux.

LA RÉVÉLATION

Vava semblait m'attendre dehors, près du puits.

— Didi m'a dit que tu voulais me parler, commence Vava avec ce doux sourire qui me rend dingue chaque fois.

— Moi !

— C'est ce qu'elle m'a dit, ajoute-t-elle tout en continuant à sourire presque sans raison.

— Didi vient tout juste de me dire le contraire. Elle m'a dit que c'est plutôt toi qui voulais me parler.

Vava me regarde sans un mot. Ses grands yeux noirs comme des ailes de corbeau (l'oiseau de la mort). Je perçois au même moment le chant pur d'un oiseau.

— Pourquoi es-tu si indifférent à mon endroit ? me demande Vava brusquement.

— Moi !

J'ai l'impression de ne plus savoir parler. Je répète toujours la même chose.

— Oui, toi ! insiste-t-elle. Tu me fuis tout le temps.

Je vois le bec de l'oiseau caché dans le feuillage.

— Je ne te fuis pas, m'entends-je murmurer.

— Oui, tu me fuis, dit-elle froidement.

— Pourquoi te fuirais-je ?

L'oiseau vient de filer dans un bruit de feuilles froissées.

— Je ne sais pas.

Un silence. Nous nous regardons sans savoir quoi nous dire. Mes mains sont glacées. Je n'ose pas regarder son visage grave.

— Tu me fais souffrir, lance-t-elle avant de s'enfuir.

Moi ! Je fais souffrir Vava ! Ai-je bien entendu ? C'est exactement ça : Tu fais souffrir Vava, Vieux Os. Vava. Ma Vava. Cette fille qui m'est pire qu'une blessure. Celle qui vole mon sommeil parce que son visage ne disparaît pas même quand je ferme les yeux. Et elle vient de me dire que je la fais souffrir. La couleur de l'après-midi change brusquement. Une joie si violente qu'elle me rend triste. Je reste planté là, près du puits.

— Qu'est-ce que tu fais là, tout seul ? me demande Éva.

Je me réveille.

— Je suis toujours seul.

Elle a un petit rire joyeux.

— Tu es très étrange, toi...

— Il n'y a rien d'étrange. Je suis comme je suis.

Elle sourit.

— J'aime beaucoup ton style.

— Quel style ?

Elle me fait ce sourire mystérieux que les filles réservent pour les moments délicats.

— Comme tu es... De tous les garçons de cette ville, c'est toi qui as le plus de style.

Je reste sans voix. Elle me regarde un moment avant de baisser les yeux. Je viens de comprendre subitement qu'elle est en train de me faire la cour. La belle Éva. La petite amie de Tony Auguste, le play-boy de la Hatte (le quartier riche de Petit-Goâve). Tout le monde sait qu'Éva (si sophistiquée) ne peut aller qu'avec Tony. Éva et Tony, ça sonne naturel. Je ne sais pas ce qui m'arrive aujourd'hui. Peut-être que la vieille Nozéa a raison. Il y a quelque chose en moi que j'ignore.

— J'aimerais beaucoup te rencontrer, murmure Éva avant de partir.

Je reste figé à côté du puits, à essayer de comprendre la situation. Vava m'aime (en fait, je la fais souffrir). Fifi est complètement folle de moi (elle me jette à distance des regards ardents). Et l'inatteignable Éva croit que j'ai du style. Tout ça en moins d'un quart d'heure. Je me demande si ce sera toujours ainsi : un jour, personne ne fait attention à toi, et le lendemain, tout le monde te saute dessus. Dans ce cas, quel mérite j'ai d'être aimé ? De toute façon, je n'aime que Vava. C'est Vava, mon amour, puisque c'est d'elle que je rêve la nuit.

Je suis enfin seul. Dans la pénombre. La fenêtre est fermée. Je connais bien cette pièce. Je viens quelquefois lire ici. C'est là que Nissage cache ses livres. Lire, c'est ma passion secrète. Je ne le dis pas aux autres parce que Frantz déteste les livres. Des fois, personne ne sait que je suis ici. Je peux lire autant de bouquins que je désire, du moment que je replace tout, soigneusement, à la fin. Il y a un petit lit de camp à côté d'une table. Une cuvette blanche toujours remplie d'eau. C'est la chambre où le professeur Nissage passe son temps à lire, à réfléchir ou à rêver. Je me couche sur le petit lit. Je n'arrive pas à penser. On dirait que ça fait des heures que j'ai vu Vava. Je revois la scène dans les moindres détails. Didi qui me dit que Vava veut me voir. Elle m'attend dans la cour. La robe jaune sous le manguier. Vava me dit que je la fais souffrir. Moi ? Et puis, il y a cet oiseau. Elle n'arrive pas à dormir à cause de moi. Non, non. C'est moi qui ne trouve pas le sommeil parce que je la vois même quand j'ai les paupières closes. Le chant de l'oiseau. Aigu. Pur. Comme mon amour pour Vava. Les yeux de Vava. Ses grands yeux noirs. Comment Vava peut-elle m'aimer ? Il n'y a rien en moi qui puisse lui plaire. Je suis trop maigre. Un peu bossu. Mes genoux sont cagneux. Et je ne sais même pas danser. J'ai repassé dans ma tête au moins cinq fois cette scène. Je veux détecter la plus infime faille. Vava se moque-t-elle de moi ? Non, ce n'est pas son genre. Et Didi ? Didi, c'est ma cousine. Pourtant il y a quelque chose qui cloche. Vava ne peut aimer que quelqu'un comme Frantz. Ou à la rigueur Tony Auguste. Pas moi. L'oiseau voulait-il m'avertir de quelque piège ? Peut-être qu'ils sont tous en train de rire de moi en ce moment.

Je me lève et vais chercher dans un coin secret (que Nissage m'avait montré, un jour de pluie) la bouteille de cocktail de cerises. Je prends une gorgée. Les cerises semblent bien marinées dans le tafia. Cuites même. Je prends une autre longue gorgée. Je bois du feu. Feu liquide. Mon estomac devient aussi rouge qu'une forge. Une troisième gorgée. Ma tête commence à tourner. La chambre aussi. Je me couche. Une autre gorgée. Les livres menacent de me tomber dessus. C'est pire. Je me relève. Je n'arrive pas à tenir sur mes jambes. Je m'étends, cette fois, par terre. Je ne peux plus supporter ma tête. Le moindre mouvement me donne envie de vomir. En même temps, je me sens bien. Comme si mon corps flottait dans l'espace. Je me couche à nouveau dans le petit lit de camp. Je commence à m'assoupir un peu. Les grands yeux noirs de Vava. Je vois beaucoup de gens dans mon rêve. Une foule étrange. Ils sont tous habillés de noir. Je les entends chanter et prier. Leurs voix montent de plus en plus. Je n'arrive pas à comprendre leurs paroles. Ils dansent tout en chantant. Ils dansent de plus en plus vite, tournant sur eux-mêmes comme des derviches. Ce n'est plus un chant religieux. Les visages se font de plus en plus menaçants. Ils s'avancent vers moi. Je recule. Ils m'entourent. La vieille Nozéa me fait signe de courir, de me sauver. Mes jambes sont trop lourdes. Je n'arrive pas à les bouger. J'ai l'impression de marcher dans du sable mouvant. Ils s'approchent davantage de moi. Je sens leurs doigts crochus près de ma gorge en feu. Je parviens, finalement, à me réveiller de ce terrible cauchemar. Encore en sueur. Le vacarme ne cesse pas pour autant. Suis-je en train de délirer ? L'amour. L'alcool. La fièvre. Il m'a fallu une bonne minute pour comprendre que ça venait de la rue. Je me lève pour regarder par la fenêtre. Quatre hommes portent un cercueil sur leurs épaules. La foule les suit en hurlant, en priant et en chantant. Le cortège funèbre du fils d'Izma.

DEUXIÈME PARTIE

Les journées turbulentes

Da me demande de rapporter au notaire Loné son chapeau qu'il a oublié au salon. Je descends jusqu'à la douane où Fatal a dit qu'il serait peut-être. Je ne l'y ai pas trouvé, mais Willy Bony, le directeur de la douane, m'a transmis un message pour le notaire Loné, tout en me glissant dix centimes dans la poche : il a un colis qui l'attend depuis un mois. Willy Bony se tourne alors vers Lejeune, son assistant, pour lui demander où d'après lui serait le notaire Loné à cette heure.

— Il est dix heures du matin, dit Lejeune en jetant un coup d'œil à sa montre, il y a de bonnes chances pour qu'il soit chez Bombace en ce moment.

Je file à la vitesse de l'éclair chez Bombace. Bombace, l'ennemi de Da, celui qui veut nous jeter à la rue. Quand Da dit sa prière, le soir : « Alors l'armée de l'Éternel m'accompagnera afin de terrasser le dragon », le dragon, c'est Bombace. La Maison Bombace à qui mon grand-père a vendu pendant trente ans le café qu'il achetait aux paysans des Palmes. Et c'est ce même Bombace qui, aujourd'hui, comme dit Da, « essaie de poignarder la veuve, mais, ajoute-t-elle promptement, je ne me laisserai pas faire, et il faudra que le vieux Bombace lui-même vienne me jeter à la porte de cette maison que j'ai bâtie avec mon sang en avalant mon crachat pour toute nourriture ».

Le visage d'Augereau se rembrunit en me voyant. Il

me prend tout de suite à part dans un coin.

— Écoute, mon petit, tu diras à ta grand-mère que les choses sont de plus en plus difficiles ici. La Maison Bombace a beaucoup de difficultés financières. On a des dettes qu'il nous faut éponger avant la fin de l'année, tu comprends ?

— Oui, je fais machinalement.

Je reste fasciné par les gouttelettes de sueur sur le nez d'Augereau. Finalement, il enlève ses verres pour les essuyer calmement. Le long visage soucieux d'Augereau. Visiblement, il aurait aimé avoir d'autres nouvelles à me donner.

— J'évite Bombace depuis une semaine, dit-il gravement, pour qu'il ne me demande pas d'aller voir Da pour la maison. Ça va vraiment mal comme je viens de te le dire, je crois même que Bombace va être obligé de vendre quelques biens, tu comprends ?

— Oui.

Je déteste qu'on me demande à tout bout de champ si je comprends. Je trouve ça insultant. Je pardonne à Augereau parce que c'est un tic chez lui (il le demande aux enfants comme aux adultes).

— Donc, tu diras à Da que je fais tout ce que je peux pour éviter l'irréparable, tu comprends ?

— Ce n'est pas Da qui m'envoie, finis-je par dire. Je cherche le notaire Loné pour lui remettre ce chapeau.

Son visage change du tout au tout. Il devient subitement radieux.

— Ah, je croyais que Bombace avait contacté Da sans passer par moi...

Il me prend par l'épaule.

— Ah, le notaire, il était là il y a un instant. Légype, où est-ce que le notaire a dit qu'il allait ?

— Le notaire n'a rien dit, monsieur Augereau. Je l'ai

vu tourner sur la rue La-Justice, sûrement qu'il est allé au tribunal.

Je me rends tout de suite au tribunal, craignant qu'il ne me glisse de nouveau entre les doigts.

— Comment ça ? Le notaire, ici ! À cette heure ! Qui t'a dit une pareille bêtise ? me lance l'irascible greffier (celui qui remplace Fatal quand il est aux Palmes) sans même lever les yeux vers moi.

— Maintenant, je ne sais plus où le trouver, dis-je à haute voix sans m'en rendre compte.

— Il est peut-être au Parquet.

— Il est au Parquet... Merci, monsieur, dis-je poliment.

— Je n'ai pas dit qu'il est au Parquet, grogne le greffier, j'ai bien dit qu'il est PEUT-ÊTRE au Parquet. Ne me fais surtout pas dire ce que je n'ai pas dit.

— Excusez-moi, monsieur.

Je sors du tribunal. La rue est déserte. Je regarde à droite et à gauche. Pas de notaire à l'horizon. Je vais voir s'il n'est pas au salon de coiffure de Saint-Vil Mayard, puisque le greffier n'est pas sûr qu'il est au Parquet. Un bruit de pas derrière moi.

— Ne l'écoute pas... Il paraît dur comme ça, mais le greffier a un cœur d'or, me dit la vieille que j'ai l'habitude de voir assise devant le tribunal. C'est lui qui m'aide avec mon fils, sinon on l'aurait déjà renvoyé de l'école. Je n'ai pas un centime.

Elle me montre ses mains vides. Soudain, elle retourne vivement les poches de son corsage bleu.

— Depuis que mon mari est mort, je suis presque à la rue. Regarde mes pieds, j'ai trop marché... Ils ne veulent même pas me dire pourquoi ils l'ont arrêté. Le préfet Montal est venu le chercher en personne, un soir. Mon mari n'a jamais rien dit contre le gouvernement, c'était un pauvre cordonnier.

Je n'ose pas regarder en face ce visage de douleur.

— Tu cherches le notaire. Je sais où il est en ce moment. Tu le trouveras derrière le lycée, chez le hougan Nèg-Feuilles. C'est là qu'il est, mais ne dis pas que c'est moi qui te l'ai dit.

Je lui donne les dix centimes que Willy Bony venait de me donner.

— Dieu te bénira, mon fils…

NÈG-FEUILLES

— Je te l'avais dit ! s'exclame, en me voyant arriver, un grand nègre hilare.

— C'est une coïncidence, réplique le notaire.

— N'est-ce pas que je t'avais dit que ton chapeau te suivrait ?

— Oui, dit le notaire d'un ton enjoué que je ne lui connaissais pas, mais qu'est-ce que ça prouve ?

— Les mystères sont plus forts que la science.

— C'est simple, reprend le notaire, j'ai oublié mon chapeau chez Da. Et elle a demandé à son petit-fils de me le rapporter. Petit-Goâve n'est pas grand, et tout le monde surveille les moindres faits et gestes de l'autre. Et je dois ajouter aussi que ce garçon est très intelligent. Alors mon chapeau est là, dit-il sans arrêter de le palper, le retournant sans cesse dans ses mains. Pas besoin d'explication mystique à ce petit fait cocasse de la vie quotidienne.

Nèg-Feuilles me jette un bref coup d'œil, le temps de savoir à qui il a affaire.

— Ah oui, dit le notaire avec un sourire ironique, j'ai oublié de faire les présentations. (Même avec un sourire ironique, c'est la première fois qu'on me présente officiellement à quelqu'un.) Voici Josaphat qui se fait appeler Nèg-Feuilles pour mieux mystifier les gens...

— Qu'est-ce que tu viens chercher ici ? lance Nèg-Feuilles dans une explosion de rire.

— Je viens te consulter, Nèg-Feuilles, dit le notaire en souriant, parce que tu es un vrai génie de la pharmacopée. Tu connais les feuilles, le corps humain, la douleur des hommes plus qu'aucun médecin de ma connaissance, et aussi pour ton bouillon de cabri...

Le rire de Nèg-Feuilles doit résonner jusqu'aux abords de l'hôpital.

— Ce n'est pas à moi qu'il faut adresser ces compliments, Loné, je ne fais rien sans l'aide de Legba.

— Écoute, je ne connais pas monsieur Legba, c'est toi que je vois faire.

— Monsieur Legba ! Il est fou ! Il appelle un dieu vaudou monsieur. Tu es vraiment étrange, Loné. Cela fait près de quarante ans que je te connais, et jusqu'à présent, je n'arrive pas à savoir si tu es sérieux ou si tu te fous de la gueule des gens.

— Peut-être les deux, dis-je.

Le visage de Nèg-Feuilles se fige tout d'un coup.

— On me manque de respect, ici, dit Nèg-Feuilles d'un ton sec.

Le notaire se précipite pour réparer ma gaffe.

— Qui t'a permis de te mêler de la conversation ?

— Je m'excuse, dis-je tout penaud.

L'explosion de rire, cette fois-ci, m'a pris par surprise.

— Je plaisantais, mon ami. Comment t'appelles-tu ? me demande Nèg-Feuilles sur un ton amical.

— Vieux Os.

— Vieux Os ! s'exclame Nèg-Feuilles, c'est un nom très puissant. Vieux Os veut dire que tu ne crains pas le temps. Vieux Os n'a pas peur du temps. Le temps court dans le même sens que Vieux Os. Tu es le fils bien-aimé de la mémoire...

— C'est le petit-fils de Da, dit le notaire pour terminer les présentations.

— Et le fils de Marie... Qu'est-ce que tu crois, Loné ? Je ne suis pas encore gâteux. Je sais tout cela. Je lui ai donné son premier bain de feuilles. Ce garçon est plus végétal qu'animal.

— Qu'est-ce que tu veux dire par là ? demande le notaire Loné.

— Je veux dire que si jamais il ne peut pas faire autrement, il pourra aisément passer quelques heures sous l'eau sans se noyer.

— Ne l'écoute pas, Vieux Os, jette précipitamment le notaire Loné, une mort certaine t'attend après dix minutes.

— S'il le fait simplement pour s'amuser, oui. J'ai bien dit que si jamais il lui était impossible de faire autrement, il pourra séjourner sous l'eau un certain temps.

Je reste bouche bée.

— Je connais bien ce garçon, Loné. Da m'a fait venir tout de suite après sa naissance. Sa mère ne voulait pas en entendre parler. On a attendu qu'elle s'endorme, épuisée par l'accouchement, pour donner son premier bain à l'enfant.

Nèg-Feuilles s'aperçoit que je le regarde avec fascination.

— Je connais tout le monde dans cette ville. Je les connais tous. Celui-là, que le tafia que je suis en train de boire me taillade les tripes en menus morceaux si je mens, n'est pas comme les autres.

Le léger sourire ironique du notaire.

—Ce garçon que tu vois là, notaire, n'est pas comme les autres. N'oublie pas ce que je t'ai dit.

—Tous les hougans de ce pays vendent la même camelote. À les entendre, tous les garçons bien portants deviendront un jour président d'Haïti.

—Je n'ai pas dit président... Ne me fais pas dire ce que je n'ai pas dit. Et je n'ai parlé de personne d'autre.

Le notaire reste un moment silencieux sans perdre ce léger sourire ironique au coin des lèvres.

—Bon, dit le notaire d'un ton ferme, je dois partir.

Il m'entraîne dans son sillage.

—Un moment, Loné, lance Nèg-Feuilles.

Le notaire ralentit son pas.

—Le ciel est nuageux, Loné... Fais bien attention à ne pas sortir sans parapluie, les prochains jours...

—Je n'ai jamais eu peur de la pluie.

—Je ne parlais pas de la pluie, Loné.

Les deux hommes se font face.

—Alors sois plus clair, dit le notaire légèrement excédé.

—Je ne peux pas être plus clair que cela. Il y a des gens très influents qui viennent me voir, ici, tard le soir, et parfois, Loné, ils se mettent à parler de choses et d'autres, tu vois ce que je veux dire, sans qu'on leur demande rien...

Un malfini passe au-dessus de nos têtes. Nèg-Feuilles trace instantanément avec son index un signe dans l'espace. Le notaire fait une discrète moue.

—Il se prépare, Loné, ces temps-ci, de graves choses... Le ciel est bas, les nuages sont lourds, et les requins ne rôdent pas trop loin du rivage... C'est tout ce que je peux te dire.

Le notaire continue son chemin, cette fois, sans se retourner.

On marche, un moment, en silence. Le notaire est dans sa tête. Je suis dans la mienne.

— Je sais à quoi tu penses, dit le notaire quand nous arrivons près de l'hôpital.

Je ne dis rien.

— Tu penses à ce que vient de te dire Josaphat ou, si tu veux, Nèg-Feuilles, que tu seras quelqu'un, un jour... C'est à ça que tu penses, n'est-ce pas ?

— On me l'avait déjà dit... La vieille Nozéa me l'avait dit, un jour de pluie.

— Eh bien, dit le notaire sur un ton ferme, retire-toi ça de la tête, il ne t'arrivera que ce que tu voudras qu'il t'arrive.

— Comment ça ? dis-je, en relevant les yeux vers le notaire.

— Pire que ça, mon ami, dit le notaire, personne ne change. Tu es déjà ce que tu seras.

On entre dans la cour pavée (des losanges faits de pierres noires alternant avec des pierres blanches) de l'hôpital.

— N'écoute pas ces gens, Vieux Os, ils vont te farcir la tête d'idioties...

Le notaire active le pas. Je le suis, tête baissée.

LE VIEUX CHESTOV

Le docteur Cayemitte vient tout en souriant à notre rencontre.

— Tout ce qui est cher aux hommes, lui lance à brûle-pourpoint le notaire, tout ce à quoi ils tiennent...

— ... leur devient inutile et complètement étranger, termine le docteur Cayemitte.

Ils s'embrassent.

— Quand est-ce que tu laisseras tomber Chestov ! s'exclame le docteur Cayemitte en levant les bras au ciel.

— Jamais, dit le notaire. S'il n'y avait pas ce vieux Chestov, comment penses-tu que je pourrais faire face à la médiocrité ambiante ? Disons qu'il m'aide à vivre parmi les barbares.

— Loné, dit le docteur Cayemitte avec un sourire complice, les gens sont tellement susceptibles. Quand tu parles comme ça...

— Ce n'est tout de même pas ma faute, Cayemitte, s'ils sont plus stupides que des ânes. Je préférerais de loin la compagnie des animaux que celle de mes concitoyens. Prenons Montal, par exemple...

Le visage du docteur Cayemitte devient subitement livide.

— Ah non, tu ne vas pas me faire ça, Loné ! Tu ne vas pas te mettre à insulter le préfet dans un établissement public ! Ce n'est pas sérieux, Loné...

— Si on ne peut pas dire librement ce que l'on pense d'un serviteur de l'État, alors...

— Ce n'est pas une question de liberté... Bon, enfin, laissons tomber cette discussion. Pendant que tu es là, je vais prendre ta tension.

Le docteur nous fait entrer dans la première pièce vide qu'il trouve sur son chemin. Il écoute attentivement le cœur du notaire pendant un long moment.

— Remonte ta manche. Ça ne te serre pas trop le bras ? Sûr ? Bon, maintenant, respire fortement. Encore une fois... Moins fort... Expire maintenant. Doucement... Voilà, c'est fait.

Le docteur Cayemitte regarde un moment le notaire. Je me fais tout petit dans mon coin, totalement fasciné par la petite touffe de poils dans l'oreille du docteur Cayemitte. Je ne l'avais jamais aperçue auparavant.

—Je ne comprends rien, dit enfin le docteur.

Une ombre passe sur le visage du notaire.

—Qu'y a-t-il, Cayemitte ? Tu sais que tu peux tout me dire…

—Tu n'as rien ! C'est ça que je n'arrive pas à comprendre… T'as le cœur et les poumons d'un enfant. Tu ne viens jamais me voir à l'hôpital, tu ne prends pas les remèdes que je te prescris, et tu ne fais aucunement attention à ce que tu manges, en fait, tu ne manges même pas… Quand est-ce que tu as mangé la dernière fois ?

—Cayemitte, je ne pense pas à ça.

—Tu sais bien, Loné, que l'homme a besoin de manger pour vivre.

—Cela ne me concerne pas.

—Tu as toujours été un sceptique, Loné.

—Je crois quand même dans une chose, Cayemitte…

—Ah oui…

—Je crois dans le caractère totalement absurde de la vie.

Le docteur semble un moment pensif.

—En tant que médecin, je ne le devrais pas, mais je suis obligé d'avouer que je partage ton avis, Loné.

—Bon, dit le notaire en se frottant comme un paysan qui vient de faire une bonne vente, tout ça me donne faim.

C'est la première fois que je pénètre dans un restaurant. La pièce est assez sombre. Une collection de calendriers (le plus récent date d'au moins trois ans) accrochés un peu partout sur des murs noirs de suie. Je distingue quelques visages dans la pénombre penchés sur de petites montagnes de nourriture. Une fumée monte de chaque plat.

— Sais-tu pourquoi on appelle ce restaurant ainsi (le restaurant des aveugles) ? me demande le notaire d'un ton enjoué.

— Les deux propriétaires sont aveugles.

Le notaire me regarde en souriant largement. C'est un jour faste. Le notaire semble d'excellente humeur.

— Pas mal du tout, mais ce n'est pas ça.

— Les aveugles ne paient pas ici.

Ses yeux brillent de malice.

— Encore un bon point, Vieux Os, tu as beaucoup d'imagination, mais ce n'est pas la vraie raison.

— Laissez-moi réfléchir un peu... Le cuisinier est aveugle.

— Tu n'es pas loin, me dit le notaire avec un petit rire de gorge.

— Il faut faire semblant d'être aveugle, je lance en désespoir de cause.

— Qu'est-ce que tu veux dire par là ? me demande le notaire d'un air soupçonneux.

J'ai l'impression d'avoir fait mouche sans m'en rendre compte.

— Bon, je dis, il faut fermer les yeux...

— Oui, jette laconiquement le notaire.

— Il faut fermer les yeux avant de franchir la porte, sinon on ne vous laisse pas passer.

— Non ! Ah non ! Tu l'avais presque... Il faut fermer les yeux en mangeant si l'on ne veut pas perdre l'appétit.

— C'est ingénieux comme technique, notaire.

— À l'origine, il y avait un grand orchestre qui venait jouer ici le samedi. L'orchestre avait cette particularité d'avoir uniquement des musiciens aveugles. Ils venaient de l'école Saint-Vincent, une école pour handicapés, dirigée par des religieuses. Ils arrivaient de Port-au-Prince, vers trois heures de l'après-midi. On avait mis à leur disposition une des salles de l'École nationale des garçons. Ils avaient tout là-bas : une douche, un endroit pour répéter, et ils pouvaient se changer à l'étage. Les gens ne les quittaient pas un instant, fascinés de voir des aveugles se débrouiller seuls, sans l'aide de personne. Le soir, il y avait toujours foule au restaurant qui disposait d'une grande cour à l'arrière.

— Pourquoi ne viennent-ils plus ?

— Une fille de la Hatte, une fille de bonne famille, comme disent les imbéciles, a accusé un des musiciens de l'avoir violée. Il y a eu un procès. Yves Auguste, un jeune diplômé de la faculté de droit de l'université d'État, défendait l'aveugle.

— Le père de Tony Auguste !

— Je crois qu'il a un fils... En tout cas, il était l'avocat de l'aveugle. Très brillant. Cela s'est passé il y a un certain temps. Une phrase d'ailleurs prononcée par un témoin est restée célèbre. À une question du juge Ancion, j'ai oublié la question, il a répondu avec beaucoup de candeur que les aveugles sont les seules personnes capables de faire l'amour devant des témoins sans se sentir nullement embarrassées. Les aveugles font l'amour à midi, a-t-il lancé à un moment donné. Et pendant des années, on s'est servi de cette phrase : « Les aveugles font l'amour à midi» pour parler de toute personne qui ne se soucie pas du qu'en-dira-t-on.

—Et comment le procès s'est-il terminé ?

—En queue de poisson. En parlant de poisson...

LE POISSON GROS-SEL

Le notaire appelle la fille debout près de la porte qui regardait la rue depuis notre arrivée.

—Ma fille, va dire à Hermione que ça fait une demi-heure qu'on attend.

Sur ces entrefaites arrive Hermione.

—Excusez-moi, notaire, on ne m'avait pas avertie de votre présence... Voulez-vous manger ?

—Non, Hermione, je suis venu prendre une douche.

Hermione éclate brusquement de rire en mettant trop tard une main devant sa bouche. Les incisives lui manquent.

—Le notaire me fait toujours rire... Et qu'est-ce que vous prenez, notaire ?

—Comme d'habitude : un gros-sel... Apportez-en un aussi pour mon jeune ami.

—Tout de suite, notaire, dit la femme en se dirigeant langoureusement vers la cuisine.

De notre table, on l'entend clairement tirer l'oreille à la jeune serveuse.

—Le notaire dit que ça fait une demi-heure qu'il est là, et tu n'es même pas venue m'avertir. Tu n'es bonne que pour manger, toi ! Qu'est-ce que tu regardais dehors comme ça ? J'aimerais bien le savoir. Sais-tu que je suis prête à payer pour le savoir ?

—Je ne sais pas, marraine.

—Je sais, moi ! Tu regardais les hommes en général, et Fleurant en particulier.

—Non, marraine.

Elle reçoit un coup sec sur la bouche.

—Il n'y a pas de « non, marraine » qui tienne... Fais attention, Rosalie, je pourrais te renvoyer chez toi, à Boucan-Bélier... Tu iras manger des racines, hein! Qu'est-ce que tu réponds à ça? Tu es devenue muette... Tu n'as rien à dire?

—Oui, marraine.

Durant toute l'engueulade, madame Hermione n'a pas arrêté un moment de préparer les plats.

—Tu sembles l'avoir oublié, Rosalie, eh bien, laisse-moi te rappeler que quand tu es arrivée ici, chez moi, tu avais encore des vers au coin des yeux, et tu étais à moitié morte de faim... Tu l'as oublié! Ne crie pas victoire trop vite, ma fille, tu pourras toujours retourner là-bas plus tôt que prévu... Ne reste pas plantée là à me regarder, va apporter ces plats à la table du notaire!

Deux magnifiques plats (poisson en sauce avec oignon, banane, avocat, riz blanc) et quel fumet!

—Je ne fermerai pas les yeux, moi, je dis.

Le notaire sourit.

—C'était avant qu'Hermione n'achète le restaurant. On mange bien ici, maintenant.

—Oui, j'aime beaucoup... La seule chose qui me gêne, dis-je en baissant la voix, c'est la façon dont madame Hermione s'adresse à sa filleule.

—C'est comme ça dans ce pays, mon garçon... Si vous faites des remontrances à quelqu'un, il trouvera toujours un plus faible que lui pour lui rendre la pareille, et lui aussi trouvera un bien plus faible encore, et ainsi de suite, jusqu'au dernier qui donnera un coup de pied au chien... Mange plutôt, c'est ce que nous avons de mieux à faire en ce moment.

— Oui, mais notaire, cette fille doit se sentir humiliée. Tout le monde a entendu madame Hermione lui parler…

Le notaire Loné grommelle entre deux bouchées.

— Humilier son prochain est un sport national, mon garçon. N'oublie pas que Rosalie avait tort en plus. Elle n'est d'aucune aide pour Hermione. Elle passe son temps à échanger des billets doux avec son amoureux. Maintenant, laisse-moi manger si je veux impressionner Cayemitte la prochaine fois que je passerai le voir à l'hôpital.

Et il se met à rire comme si c'était la meilleure blague du monde.

LA SIESTE DU NOTAIRE

Le notaire pose ses larges mains tranquillement sur sa poitrine, et s'endort à l'instant. Je le regarde attentivement. Une mouche vole autour de sa tête. Elle se pose sur son nez, s'envole vers le plafond pour revenir tout de suite sur la bouche du notaire. Madame Hermione traverse calmement la salle pour aller fermer la porte d'entrée, laissant filtrer un mince rayon de soleil. Tout se fait au ralenti à partir de maintenant. On chuchote. C'est l'heure de la sieste. La mouche fait de rapides sauts sur son visage quand, subitement, la main du notaire part comme un canon pour se refermer sur la pauvre prisonnière. Le notaire marmonne quelque chose que je n'arrive pas à déchiffrer avant d'ouvrir la paume pour laisser tomber ce qui reste de la mouche sur la table. Le temps de compter jusqu'à trois, le ronflement a déjà repris. Cela part du plus aigu au plus grave. On dirait une bouilloire qui siffle. D'autres fois, c'est le bruit d'un moteur diesel. Entre les deux, il y a une variété de tons, de couleurs et de rythmes, allant du son éclatant et joyeux de la trompette au bruit sourd d'un bœuf en train de ruminer.

Rosalie vient desservir en évitant de faire le moindre bruit. Madame Hermione s'interpose vivement.

—Laisse ça, le notaire n'a pas encore terminé. Il mange toujours en deux temps.

Le notaire, avant même le commentaire de madame Hermione, avait déjà attrapé le bras de Rosalie.

—Remets ça là, ma fille.

Madame Hermione est allée chercher une cuvette d'eau propre et une serviette blanche. Le notaire a pu donc se rafraîchir avant d'entamer la seconde partie du repas.

LE VIOL DE L'AVEUGLE

Pendant tout le repas, je n'ai pas arrêté de penser à l'affaire du viol. Je ne comprenais pas qu'on puisse désirer violemment une personne qu'on n'a pas vue. Bien sûr, on peut tomber amoureux de la voix, du caractère, du parfum d'une femme, mais pour violer, il faut désirer, et pour désirer, il faut voir. C'est ce que je pensais. Le notaire Loné m'avait dit, avec un geste évasif de la main, que l'affaire s'était terminée en queue de poisson, mais il ne semblait pas tout à fait sûr du jugement du tribunal. Je ne sais pas pourquoi cette histoire me passionne tout à coup. Comment un aveugle peut-il violer une femme ?

—Est-ce que l'aveugle a été condamné, notaire Loné ?

—Hein ! lance-t-il en sortant de sa sieste.

— L'aveugle a-t-il été condamné ?

— Je ne sais plus, répond le notaire sur un ton agacé.

— Je ne vois pas comment un aveugle a pu faire ça.

Da dit que quand je mets mes crocs quelque part, je ne lâche pas facilement prise.

— Un aveugle est un homme comme les autres, sauf qu'il ne voit pas.

— Oui, mais il ne voit pas, notaire Loné.

— Écoute, dit le notaire avec une certaine superbe, on n'est pas loin de la maison de maître Auguste. Tu n'as qu'à lui demander toi-même comment ça s'est passé.

— Moi ?

— Bien sûr, c'est toi qui veux savoir ! Tu dois mener toi-même l'enquête, inspecteur Vieux Os…

Un temps.

— D'accord.

On n'a pas eu à aller jusqu'à la maison de maître Auguste. On l'a rencontré devant le restaurant de madame Hermione où il était allé acheter des cigarettes avant de descendre au tribunal.

— Si on faisait la route ensemble, nous propose-t-il à brûle-pourpoint.

— De toute façon, dit le notaire, je dois absolument voir le juge Ancion, aujourd'hui.

Maître Auguste offre une cigarette à la ronde. Le notaire refuse tout net.

— Je ne fume pas, dis-je en écartant du revers de la main le paquet qu'il tenait sous mon nez.

Je ne comprends pas ce qui a pu provoquer le rire de maître Auguste.

— Qu'est-ce qui vous fait rire ?

— La façon dont tu as dit que tu ne fumais pas, comme si tu avais passé ta vie à ne faire que ça, lance maître Auguste sans arrêter de rire.

—Mais, je ne fume pas... C'est la vérité.

Le rire a repris. Un rire gras, vivant, bon enfant.

—C'est le petit-fils de Da, dit finalement le notaire. Il n'arrête pas de me tisonner depuis un moment pour savoir comment s'est terminé le procès de l'aveugle qu'on avait accusé d'avoir violé la fille de Nazaire. Tu te souviens ?

—Et comment ! J'avais gagné ce procès contre Théodore, mais j'ai un remords de conscience relatif à cette affaire...

—Ah oui ! lance le notaire.

—Parce que, effectivement, ce type avait eu un rapport intime d'ordre sexuel avec la jeune fille, mais c'est très compliqué.

—Comment ça ! s'exclame le notaire. Je peux comprendre, ajoute-t-il avec un demi-sourire, il est aveugle, mais ça ne veut pas dire qu'il n'a pas de... comment dire ? pas de désirs.

—Non, Loné... Personne n'a pensé à ça : il n'était pas aveugle tout simplement. Ce type voyait comme toi et moi. Peut-être même mieux que nous (rires). Deux ans après le procès, je l'ai rencontré dans la rue, à Port-au-Prince. Par pur hasard. Je descendais la rue Bonne-Foi quand je l'ai croisé. Je me suis retourné parce que j'avais l'impression de l'avoir déjà vu quelque part. J'ai une bonne mémoire visuelle, mais comme tu sais, Loné, la différence, ne serait-ce que dans le comportement physique, est très grande entre un aveugle et quelqu'un qui voit. Je me suis approché de lui. Il m'a tout de suite reconnu, et m'a lancé avec une sorte de petit rire nerveux : « Mais c'est mon avocat, maître Auguste de Petit-Goâve. » Je n'ai pas eu le temps de souffler un mot qu'il avait déjà entamé sa confession.

« Je peux vous le dire maintenant, maître Auguste, je n'ai jamais été aveugle. J'avais deux ou trois amis dans l'orchestre de Saint-Vincent. Juste au moment de quitter Port-au-Prince, leur guitariste est tombé malade. On m'a demandé de le remplacer. Quand on m'a convoqué au tribunal, j'ai fait l'aveugle. » Je lui ai fait comprendre alors que c'est très grave d'avoir trompé la justice. Il a dû me prendre pour un demeuré. Ces gens de Port-au-Prince n'ont jamais eu aucun respect des lois. Ils se croient même au-dessus de la loi. Pour eux, Loné, nous ne sommes qu'une bande de naïfs. « La province est un réservoir d'idiots », m'a dit, un jour, un type de Port-au-Prince. Ils sont tellement cyniques là-bas qu'ils sont littéralement en train de couler le pays. Moi, je ne vais plus là-bas que si je ne peux pas faire autrement…

— Moi, jette le notaire Loné avec rage, je n'ai pas mis les pieds à Port-au-Prince depuis vingt ans. La dernière fois, c'était pour m'acheter le costume que je porte là. Maintenant, j'achète tout chez les Martinez, même si je soupçonne que le prix est exorbitant. Mais, Auguste, tu aurais dû faire coffrer ce malappris.

— L'histoire est plus compliquée que ça, Loné.

— Écoute, Auguste, ne complique surtout pas ce qui est simple… Ce type n'était pas aveugle. Alors ?

— Oui, mais ça ne veut pas dire qu'il a violé la jeune fille, Loné… Ce qui s'est passé, en fait, il me l'a raconté. Il m'a dit précisément qu'il n'avait pas violé la jeune fille. Elle était venue le voir. Je vais le laisser parler. « Comme elle est tombée enceinte, son père est venu me rencontrer, et je lui ai dit que l'enfant n'était pas de moi. C'était l'enfant de quelqu'un de très influent à Petit-Goâve. »

— Montal ! Ça, c'est signé Montal. Notre préfet,

aujourd'hui. L'étalon de la ville. On a mis un étalon à la préfecture, crache le notaire Loné.

— Moi, je n'accuse personne. Tout le monde mérite un procès juste. En tant qu'avocat, je ne peux porter aucune accusation de ce genre sans preuves. Mais si tu veux mon avis personnel, c'est Montal.

Le notaire Loné lève les bras au ciel.

— Là, je te reconnais, Auguste. Tu as toujours appelé un chat, un chat. Au début, je ne comprenais pas ton charabia juridique…

— Tu ne l'as pas vu, Loné, mais il y a un type qui nous suivait depuis l'école Maurice-Bonhomme.

— Tu aurais dû le montrer, Auguste, et je t'assure qu'il aurait goûté à mon bâton. Mais continue, l'histoire m'intéresse de plus en plus.

— C'est le père qui a tout inventé pour sauver l'honneur de sa fille. C'est lui qui a demandé au jeune musicien de faire semblant d'être aveugle. Nazaire a fait tout ça pour protéger sa fille.

— C'est bien de protéger sa fille, dit le notaire d'un ton bougon, mais il aurait dû accuser plutôt le salaud qui l'a mise enceinte. Comme ça les Petit-Goâviens auraient réfléchi à deux fois avant de lui apporter la préfecture sur un plateau d'argent.

— C'est Port-au-Prince, Loné, qui l'a nommé préfet.

LA MALNUTRITION

On arrive devant le tribunal. Je crains que les deux hommes n'aient oublié ma présence tant ils sont pris par leur discussion. Faut pas croire ça, le notaire Loné est un vieux renard. Je suis sûr qu'il ne m'a pas lâché une seconde durant tout le parcours, m'observant sans arrêt, analysant chacun de mes gestes, scrutant mes pensées.

—Annonce-moi au juge Ancion, dit brusquement le notaire au greffier qui s'était précipité à notre rencontre.

—Bonjour maître Auguste, dit le greffier avec beaucoup de dignité. Le juge Ancion vient juste de partir pour Vialet, notaire. Il ne sera de retour ici que demain matin.

—Il a une affaire là-bas ? s'enquiert maître Auguste.

—Non, dit le greffier d'une voix blanche, il a mal à la poitrine depuis une semaine. Il y a une vieille femme là-bas qui pourrait lui faire un massage. Il paraît qu'elle a des mains magiques. Elle peut remettre sur pied un mort.

—Et toi, Fils-Aimé, demande le notaire, tu n'as pas l'air dans ton assiette ?

—Mon fils est à l'hôpital, dit sombrement le greffier.

—Retire-le tout de suite de là, sinon ils te le tueront en moins de deux.

—Je n'ai pas une gourde, notaire… Je ne peux pas le garder à la maison.

—Regarde-moi ça, dit le notaire à haute voix, un honnête serviteur de l'État qui ne peut même pas se procurer des médicaments pour son malade, alors que les hommes en place vivent comme des pachas dans de luxueuses villas à la Hatte… Donne ça à ton frère, Fils-Aimé, dit le notaire en baissant la voix pour ne pas embarrasser le greffier. Dis-lui d'aller retirer l'enfant de l'hôpital, de filer ensuite au marché acheter des légumes et un bon morceau de bœuf pour faire un bouillon à ton fils. Si les médecins de ce pays étaient honnêtes, au lieu de faire corps avec les pharmaciens pour voler l'argent des pauvres gens, ils mettraient le bouillon de bœuf aux légumes en tête de leur prescription. C'est de malnutrition qu'on souffre dans ce pays…

Le greffier regarde à droite et à gauche avant de se tourner vers le notaire.

—Merci beaucoup, notaire. Vous ne savez pas ce que vous faites là pour moi. J'étais vraiment mal pris.

—Maintenant, tu sais quoi faire, jette le notaire avec un sourire chaleureux. Va vite régler tes affaires.

—Notaire, le juge n'est pas là. Je ne peux pas laisser le tribunal sans surveillance.

—Tu peux partir, Fils-Aimé. Personne ne voudrait de ces meubles bancals. Les chaises sont infestées de punaises, et quand il pleut…

—Notaire, dit le greffier en redressant légèrement le torse, vous parlez du tribunal civil de la ville de Petit-Goâve.

—Je sais, Fils-Aimé, je ne le sais que trop… Tu peux partir. Je te le dis. La vie de ton fils doit passer avant tout. Quant au tribunal, maître Auguste va rester jusqu'à la fermeture.

—On parle en mon nom, maintenant, dit maître Auguste avec un clin d'œil complice au notaire, c'est bien, Fils-Aimé, va t'occuper de ton fils. Laisse-moi la clé. Tu passeras la prendre chez moi, ce soir.

—Maître Auguste, je ne peux pas vous laisser fermer le tribunal. Ce n'est pas votre travail…

—Dois-je prendre ça pour une insulte ? Voudrais-tu insinuer que je ne saurais fermer une porte ? Je compte jusqu'à trois, et si tu es encore devant moi, je saurai que c'était une insulte.

—Je ne voulais pas dire cela. Un homme de votre rang… Merci, merci, je m'en vais. J'essaierai de repasser avant la fermeture.

— Déguerpis, dit le notaire.

— Je passerai voir ton fils, ce soir, ajoute maître Auguste, comme ça j'en profiterai pour te rendre la clé. Maintenant, je commence à compter : un, deux…

— Voilà, je suis parti, dit le greffier en se coiffant d'un large chapeau de paille. Voilà, je suis parti pour de bon, cette fois.

— Il était temps, jette le notaire.

Le greffier se retourne après une dizaine de pas.

— Maître Auguste, la grande clé est pour la porte principale, la moyenne pour la porte en arrière, et la petite ne sert à rien depuis que le juge a fait condamner la porte de côté. Et merci, une dernière fois…

LES JOUEURS DE DOMINO

La partie de domino bat son plein. Autour de la petite table bancale, on trouve Tirésias, le vieux Batichon, le commerçant Pierre-Louis et un quatrième homme que je ne connais pas (un employé de Batichon). Il se lève d'ailleurs immédiatement pour céder la place au notaire Loné. Le notaire décline l'offre.

— Je préfère regarder le jeu, dit-il.

— Tu ne vas pas nous faire ça, dit le vieux Batichon, on t'attend depuis deux heures.

Tirésias et le commerçant Pierre-Louis font chorus avec Batichon. L'employé est déjà retourné à son travail. Le notaire consent, finalement, à s'asseoir en face de Tirésias, son partenaire.

— Tu peux aller jouer, petit, me dit le vieux Batichon avec un aimable sourire.

— Laisse-le, jette tout de suite le notaire, il est avec moi.

— En quoi ça peut l'intéresser, lance Batichon, quatre vieux décrépits qui essaient de passer le temps ?

— Parle pour toi, Batichon, dit Tirésias déjà passablement éméché.

— Ce garçon ne parle pas, grogne le commerçant Pierre-Louis, mais je le sens, il nous observe et je ne sais à quelle fin…

— Mais non, dit le notaire, où vas-tu chercher de telles idées ?

— N'oublie pas que je suis commerçant, Loné, et que j'ai l'habitude des gens. Ce garçon est bizarre. Pourquoi n'est-il pas avec ses camarades ?

— C'est ça, dit Batichon, tu devrais aller jouer au football. Mes fils sont actuellement sur le terrain. Quand j'avais ton âge, je passais mon temps sur le terrain de football. À l'époque, on avait un terrain près du cimetière, tu te souviens, Pierre-Louis ?

— Non, Batichon, je n'ai pas ton âge, je me souviens du terrain derrière l'usine électrique.

— Moi, je me méfie d'un enfant qui n'aime pas jouer, insiste Pierre-Louis.

— Il y a des enfants qui ne sont pas intéressés à courir derrière un ballon du matin au soir. J'étais comme lui quand j'avais son âge. Oui, j'aurais dû quitter cette ville quand il était encore temps.

— Maintenant c'est trop tard, Loné, lâche Batichon avec un rire gras, tu nages dans la même vase que nous tous.

— Et si on commençait la partie, lance Pierre-Louis en me jetant un furieux coup d'œil.

Tous les joueurs se connaissent à fond. Aucune des deux équipes ne parvient à gagner quatre fois de suite, ce qui aurait conclu une partie. Qu'il soit en train de perdre ou de gagner, le visage du notaire ne reflète à aucun moment son état d'âme. Batichon, lui, se fâche, insulte tout le monde (même son partenaire), et crache par terre quand il se sent coincé. Pierre-Louis joue sans audace, comme le boutiquier qu'il est. Tirésias ne pense qu'à boire. De temps en temps, il sort cette bouteille qu'il garde cachée dans la poche intérieure de sa veste pour s'envoyer une bonne lampée derrière la cravate.

On apprend beaucoup sur les gens, rien qu'à les regarder jouer. D'une certaine façon, Pierre-Louis avait raison quant à ma nature profonde. J'aime observer les gens.

LE FRISSON

Quelqu'un me fait des grimaces, depuis un moment. Non, on me fait plutôt signe de venir. Je quitte le jeu sans me faire remarquer. Ils sont tous concentrés comme si le sort de la planète dépendait de cette partie. Mais le vrai duel, au fond, est ailleurs. Le domino de la cour de Batichon contre le jeu d'échecs du salon de coiffure de Saint-Vil Mayard. Les anarchistes contre les snobs. Le notaire Loné appartient aux deux groupes.

J'arrive au pied de l'escalier.

— Qu'est-ce qu'il y a ? je demande à la fille qui vient de m'appeler.

Je la connais. Elle va à l'école des Sœurs. C'est Viergina Raton, la fille de l'officier du service d'hygiène.

— Viens, me dit-elle d'un ton étrange, j'ai quelque chose à te montrer.

J'hésite un peu.

— Suis-moi. Viens…

On grimpe un vieil escalier qui n'arrête pas de gémir sous nos pas. Je remarque que Viergina sait où poser ses pieds pour éviter les craquements. Je la suis pas à pas. On traverse deux chambres presque vides, dont l'une n'a pour unique meuble qu'un grand miroir recouvert d'un drap blanc, pour déboucher sur une minuscule pièce sombre.

—Regarde, me dit-elle.

Je regarde.

—Je ne vois rien, finis-je par dire.

—Regarde bien.

Deux yeux me fixent dans la pénombre. Un petit corps d'enfant recroquevillé sur lui-même.

—C'est mon arrière-arrière-grand-mère, dit-elle comme si elle me révélait un trésor caché.

Elle est complètement décharnée. C'est la première fois que je vois quelqu'un de si vieux. Elle n'a que les os et la peau. Une vieille peau toute ridée.

—Elle est dans cette pièce depuis ma naissance, et même avant... Elle a plus de cent ans. Elle dit que Dieu l'a oubliée sur terre.

Au moment de quitter la pièce, je lui ai jeté un dernier regard, et elle m'a fait un si faible sourire qu'il semblait venir d'un autre temps.

LE TEMPS

Cette fenêtre donne sur la petite rue qui mène directement au lycée. Viergina regarde au loin, pensive.

—Tu crois que c'est moi ?

—Qui ça ?

—La vieille... C'est pour savoir la vérité que je te l'ai montrée. Je porte son nom, et nous sommes nées le même jour.

Elle me regarde droit dans les yeux.

—Toi aussi, tu crois que c'est moi.

—Non, dis-je en baissant pudiquement les yeux. Je ne peux supporter la douleur que je vois dans les siens.

—J'ai une photo d'elle quand elle avait mon âge. Malgré le fait que le temps a rendu la photo toute jaune, j'étais persuadée, la première fois que je l'ai vue, que c'était moi. C'est moi… Pas seulement à cause de la ressemblance extrêmement frappante. Il y a autre chose que je ne saurais dire… C'est moi jusqu'au fond de moi…

—Pourtant, je balbutie, elle est dans la petite chambre. Et toi, tu es ici.

Elle continue à regarder au loin, sans but apparent. Un soleil rouge plonge doucement dans la baie de Petit-Goâve.

—J'ai peur de mourir quand elle mourra, murmure-t-elle.

L'ÉTRANGE PRÉFET

On a descendu la rue Dessalines jusqu'à la rue La-Paix.

—Bonsoir, Loné, lance cet homme avec un chapeau enfoncé jusqu'aux oreilles que nous venons de croiser.

On dirait quelqu'un qui veut passer incognito. Le notaire fait semblant de n'avoir rien entendu. En tout cas, il ne lui a pas rendu son bonsoir.

—C'est le préfet, jette le notaire tout en crachant par terre. Il court sûrement chez une de ses jeunes maîtresses. Et dans sa petite cervelle, il doit croire que c'est pour ses yeux que les mères le tolèrent sur leur galerie.

—Je ne peux rien dire, notaire Loné, je n'ai pas pu

voir ses yeux.

— Tu n'as rien perdu.

On a continué notre chemin jusqu'à la grande maison en bois des Rigaud. Une très douce nuit. Le ciel étoilé. Au coin de la rue Lamarre, le notaire a hésité. Le salon de coiffure de Saint-Vil Mayard est encore éclairé. D'ici, on peut voir les gens en cercle autour de la table d'échecs. On reconnaît facilement les mêmes suspects : le commissaire du gouvernement, Augereau, Willy Bony, le directeur Maurice Bonhomme, le professeur Loulou David, et les autres.

— Pourquoi le préfet n'est-il pas au salon ? se demande tout haut le notaire Loné. Et si, cette fois, il n'allait pas chez une petite maîtresse, alors où se rendait-il ? Pourquoi avait-il ce chapeau si profondément enfoncé sur la tête ? Et surtout pourquoi tenait-il à me saluer s'il n'entendait pas se faire reconnaître ?

Le notaire se tourne vers moi et sourit.

— Des fois, Vieux Os, il faut réfléchir à haute voix pour bien comprendre ce à quoi on pense.

— Je parle souvent tout seul, dis-je spontanément.

— Bon, dit le notaire, il est temps pour toi d'aller te coucher.

— Je n'ai pas sommeil, notaire... Peut-être que vous voulez savoir qui a gagné la partie d'échecs aujourd'hui... Je peux aller me renseigner pour vous, notaire...

— Non, dit le notaire, je sens qu'il se passe quelque chose de vraiment bizarre dans cette ville.

— Je ne sens rien, moi.

— C'est normal, Vieux Os, ces choses-là ne t'intéressent pas.

— Quelles choses ?

— Les choses de la ville. Tu sais, une ville, ça a un

ordre, dit le notaire en s'asseyant sur le petit banc de pierre.

Le notaire m'explique tout à propos de la ville, son fonctionnement. Pourquoi cet oiseau, qu'on entend sans le voir, pourrait-il être plus important que le préfet Montal ? De temps en temps, quelqu'un passe près de nous, et se retourne, étonné de voir un adulte et un enfant en train de causer gravement dans la nuit.

L'AVERTISSEMENT

L'homme s'avance vers nous. Il vient de la petite rue très sombre qui longe l'École nationale des garçons. J'avais remarqué que quelqu'un nous suivait depuis un certain temps.

— Puis-je vous parler un instant, notaire Loné ?

— Bien sûr.

— Puis-je vous parler seul à seul ?

— Vous pouvez parler devant lui, dit froidement le notaire Loné en me désignant.

L'homme hésite encore.

— Vous ne me connaissez pas.

— Parlez, dit tranquillement le notaire.

— Je suis le frère de Fils-Aimé, le greffier du tribunal de paix. Mon frère est un homme intègre, notaire.

— Je le sais.

— Je suis différent, si vous voyez ce que je veux dire, notaire... Bon, je ne vais pas vous raconter ma vie. J'aime mon frère, notaire, et je sais ce que vous avez fait pour lui, aujourd'hui même...

— Venons au fait, jeune homme.

— Eh bien, je vous conseille, notaire, de ne pas dormir chez vous, cette nuit...

— Et pourquoi je ne dormirais pas chez moi ?

— Je ne peux pas vous en dire plus. Ce sera une très longue nuit.

— Comment se fait-il que vous sachiez tout ça ?

— Notaire, je ne suis pas censé vous avoir vu… Je dois partir maintenant.

L'homme disparaît dans la nuit.

LE RETOUR

Da est encore assise sur la galerie. Marquis s'amène en même temps que moi, la queue entre les jambes ; le gros chien d'Abraham a dû lui faire peur. Depuis son accident, Marquis a peur de son ombre.

— C'est maintenant que tu le ramènes, Loné. Heureusement que c'est toi.

— Tu lui as demandé de m'apporter mon chapeau, Da, c'est fait.

— Oui, je vois que ça a pris toute la journée.

— On avait quelques courses à faire…

Da sourit.

— Va prendre ton souper, Vieux Os, il est sur la table.

— Bonne nuit, Da, dit le notaire en soulevant son chapeau.

— Bonne nuit, notaire.

Le notaire descend la rue Lamarre, et au carrefour tourne à droite vers la rue Desvignes. Il rentre chez lui. Je sens une boule d'angoisse se former dans ma poitrine.

— Qu'est-ce que tu as ? me demande Da tout de suite.

— Un peu de vertige.

— Tu as marché trop longtemps sous le soleil, me

dit Da tout en me prenant la main, sa main comme toujours chaude et ferme.

—Oui, j'ai beaucoup marché.

—Va chercher le souper, tu le prendras sur la galerie. Depuis une demi-heure, je n'ai pas vu un seul chrétien vivant passer devant ma porte, à part le notaire. Je ne sais pas ce qui se passe, mais cette nuit me paraît étrange. Je n'ai pas vu passer Borno. D'ordinaire, à cette heure, il est déjà revenu de Petite-Guinée. Augustin Jérôme, non plus... Il est peut-être resté au magasin avec Fedner Confident. Pourtant, je n'ai pas entendu *Le Hollandais* annoncer son arrivée au port. Je me demande bien ce qui se trame dans la ville, cette nuit.

LE CHEVAL DE RODRIGUEZ

Brusquement, le cheval passe devant notre galerie au grand galop. Sans Rodriguez. Naréus a tenté de se mettre en travers de son chemin pour l'arrêter, mais la bête a failli le piétiner.

Voilà Rodriguez qui s'amène en boitant.

—Je ne sais pas ce qu'il a, ce cheval, ce soir... J'allais voir un ami, là-bas, dit-il en montrant une maisonnette faiblement éclairée sur le flanc du morne Soldat. Le cheval a refusé d'aller au-delà de la Croix-Jubilée. J'ai tout essayé. À la fin, il m'a renversé. C'est un animal très capricieux, Da. C'est son nom d'ailleurs : Caprice. Pourtant ce n'est pas la première fois qu'on va là-bas.

—Mais là, tu l'as perdu, dit Da.

—Non, il est rentré à la maison. Je vais le retrouver. J'ai l'impression qu'il ne voulait pas que je quitte la maison, cette nuit.

On entend longtemps encore son rire rauque dans

la nuit.

— Ce n'est pas la première fois que ça lui arrive, dis-je à Da.

— C'est un cheval qui le tuera, celui-là. Depuis qu'il a l'âge de six ans, je le vois passer devant moi sur un cheval… Maintenant, il est temps de rentrer, tu tombes de sommeil, Vieux Os.

LA NOUVELLE

Fatal arrive presque en courant, son chapeau à la main.

— Donnez-moi une tasse de café amer, Da.

— Qu'est-ce que tu as, Fatal ? On dirait que tu viens de voir le diable.

— Il me faut ce café d'abord, Da, après je pourrai parler.

Da lui remplit la grande tasse bleue.

— Va me chercher un grand verre d'eau, mon garçon… Da, ce que j'ai à vous dire, il vous faut être assise pour l'entendre.

Il avale, d'une seule longue gorgée, le verre d'eau.

— Et alors ? dit Da.

— Ils ont arrêté tout le monde, la nuit dernière.

Da met la main sur sa bouche pour s'empêcher de crier. Fatal semble satisfait de l'impact de la nouvelle.

— Quand ça ? finit par demander Da.

— Durant la nuit. Entre une heure et trois heures du matin. Ils sont venus chez moi aussi, mais j'étais à Boucan-Bélier. L'histoire, c'est qu'après la fête patronale des Palmes où le père Cassagnol a fait une homélie magnifique, on a fêté, mais je n'ai pas passé la nuit là-bas. J'ai sellé mon cheval pour descendre à Petit-Goâve, mais je ne sais pas pourquoi, je me suis arrêté à Boucan-

Bélier. C'est là que j'ai dormi. C'est pourquoi ils ne m'ont pas trouvé quand ils sont passés chez moi, rue Geffrard.

— Fatal ! s'exclame Da, je n'ai pas besoin de savoir où tu as passé la nuit, ni comment… Dis-moi, pour l'amour de Dieu, qui on a arrêté, la nuit dernière !

— Tous les hommes valables de cette ville, Da.

— Qui ?

— Tous, Da.

— Des noms, Fatal.

— Franck Blaise, Loulou David, Camelo, Batichon, Tirésias, André Allen, Saint-Vil Mayard…

— Pas possible, Fatal…

— Et beaucoup d'autres encore…

— Qui d'autre ?

— Pierre-Louis, le commerçant de la rue Dessalines, Simplice, Borno, Augereau, Hannibal, Willy Bony…

— Mais c'est le directeur de la douane !

— C'est bien ça, Da. Casamé, Philibert…

— C'est qui celui-là ? demande Da.

— C'est un marchand de bois de La Gonâve, Da. Vous ne vous souvenez pas, il a eu un procès avec Gros Simon, il y a trois ans, à propos d'un chargement de bois qui devait être livré à Port-au-Prince et qui ne l'a pas été…

— N'est-ce pas ce grand escogriffe que je vois de temps en temps au Parquet ?

— C'est lui, dit Fatal. Anacréon…

— Ne me dis pas qu'on a arrêté Anacréon aussi ! C'est un inoffensif, cet homme n'a jamais fait ni bien ni mal dans sa vie.

— Et devinez qui d'autre, Da !

— Le notaire Loné ?

— Oui, Da, je ne voulais pas vous le dire avant. Il a

été l'un des premiers arrêtés.

— Vieux Os, va me chercher un morceau de sel, dit Da.

Je pars en flèche pour ne rien manquer de ce qui va être dit, surtout à propos du notaire. Où se trouve ce maudit sel ? Pas sur la table, ni dans l'armoire ou dans le garde-manger. Bien sûr, sur la petite étagère, à côté du bocal de sucre. J'attrape le bocal de sel et le ramène à Da qui dépose un morceau de sel sur sa langue.

— Où sont-ils maintenant ? demande Da.

— Aux casernes.

— Alors, dit Da, c'est le capitaine qui les a fait arrêter.

— On ne sait pas, dit Fatal.

— Sait-on si on les a frappés ?

— Je ne sais pas non plus, Da. C'est ce que je vais chercher à savoir. Personne, Da, ne peut dire ce qui s'est passé exactement, cette nuit, aux casernes, ni même pourquoi on a arrêté untel et non untel.

— Mais ne tarde pas, Fatal. Reviens dès que tu as des nouvelles. Je ne bougerai pas de ma chaise.

— Oui, Da. Faut que je parte…

LA SCÈNE

Da me demande d'aller voir ce qui se passe chez le notaire Loné.

— Ne t'approche pas trop près de la maison. Tu fais semblant de passer par hasard dans le coin. Très naturel… Et à un moment donné, tu jettes un seul coup d'œil pour voir si on n'a pas défoncé la porte, tu m'entends ?

— Oui, Da. Je jette un coup d'œil à la porte du

notaire Loné.

— C'est ça… Montre-moi comment tu vas faire ça.

Je marche tout en regardant à droite et à gauche, comme quelqu'un qui s'attend à être suivi.

— Non, dit Da en portant les mains à sa tête pour me signifier que je risque de me faire attraper. Tu as l'air trop suspect comme ça. Tu dois le faire naturellement. Et ce n'est qu'au moment où tu arrives à la hauteur de la maison du notaire Loné qu'il faut te tourner brièvement vers ta droite.

— Oui, Da.

Da juge bon, malgré tout, de mimer la scène pour moi. Elle fait semblant de marcher naturellement. Cela ne me semble pas du tout naturel. Je dois me faire violence pour ne pas éclater de rire. Le clou, c'est quand elle arrive à la hauteur de la maison imaginaire du notaire Loné, et qu'elle doit jeter ce fameux coup d'œil…

— Je vais essayer, Da.

Mon jeu est gauche et maladroit. Je demande à Da de refaire le tout pour moi parce que je ne comprends pas trop bien à quel moment, exactement, il faut jeter le fameux coup d'œil. Da reprend toute la scène. Cette fois, je ne peux pas m'empêcher de rire. Da fait semblant de se fâcher, mais je remarque qu'elle aussi rit sous cape. Malgré mes supplications, elle refuse de reprendre une fois de plus la petite scène.

LA MAISON GARDÉE

Notre cour débouche sur la rue Desvignes, on tourne à gauche, et la maison du notaire Loné se trouve à une dizaine de mètres. La rue est déserte. Je m'approche avec précaution. Je ne suis pas calme du tout. C'est étrange de ne voir personne dans une rue d'ordinaire si achalandée. Me voilà déjà à la hauteur de la maison. Mes mains sont glacées. Je n'ai pas le courage de tourner la tête sur ma droite pour regarder vers la porte. Un frisson me parcourt l'échine. J'ai subitement mal au ventre. Un oiseau caché derrière un feuillage vert crie à tue-tête comme pour m'avertir d'un danger. Je n'arrive pas à bouger la tête. Finalement, je poursuis mon chemin.

—Hé, toi !

J'ai l'impression de vivre un cauchemar. Mes jambes deviennent aussi lourdes que des sacs de plomb. Ma tête est au bord de l'éclatement. J'entends mes oreilles bourdonner sans cesse.

—C'est à toi que je parle !

Je me retourne.

—Viens ici, petit.

Je m'approche de l'homme assis sur la dodine du notaire Loné. Un long fusil sur ses jambes.

—Je t'ai déjà vu quelque part.

—Non, je finis par répondre.

—Oui, dit-il avec un rire sec, et ce n'est pas plus tard qu'hier soir. Tu étais avec le notaire Loné.

Je reste muet.

—Comme ça, tu viens aux nouvelles, n'est-ce pas ? Tu es venu voir si on n'a pas cassé la porte de la maison du notaire ?

Comment sait-il ça ? Je commence à ne plus pouvoir respirer aisément.

—Je passais par hasard… Je m'en allais chez madame Yvonne, près de la loge maçonnique.

À voir son sourire, il ne semble pas dupe.

—Eh bien, va dire à Da, tu vois que je sais qui tu

es, alors n'essaie pas de me rouler… Va dire à Da qu'il n'arrivera rien à cette maison tant que je serai ici. C'est moi qui ai demandé qu'on me confie la garde de la maison du notaire. J'ai une dette envers lui. Il a tendu la main à mon frère, et ça je ne suis pas près de l'oublier… Pars maintenant. Va dire à Da que la maison est en bonnes mains.

LE FILS D'ÉLYSÉE

Da me demande de tout lui raconter en détail.

— Comment était-il habillé ?

— Une chemise déchirée à l'épaule, et un pantalon bleu de Siam… Il portait aussi des sandales de cuir.

— Tu dis qu'il était armé ?

— Il avait un fusil sur les jambes.

— Humm…

— Da, son frère est greffier au tribunal. C'est lui qui remplace Fatal quand celui-ci est absent de la ville.

— Fils-Aimé ! Alors, ça doit être Ismael que tu as vu. Que fait-il dans cette charognerie ? J'ai bien connu leur père, Élysée, un paysan honnête. Fils-Aimé a hérité du caractère de son père, tandis que l'autre, Ismael, est un fieffé coquin. Un voyou de la pire espèce. Il n'a jamais voulu aller à l'école, ni rien faire d'utile dans sa vie. Une vie gâchée… Le pauvre Élysée a tout essayé avec lui, finalement, il l'a laissé à son destin. Il y a des gens comme ça, on ne peut rien pour eux. Je le vois quelquefois passer devant ma galerie, un coq sous le bras, se dirigeant vers la gaguère de Germain… Et là, tu viens me dire qu'il a un fusil, alors ça va vraiment mal.

Da reste assise sur sa chaise de Jacmel (sa préférée), près du feu. Elle a l'air endormie comme ça, mais je sais qu'elle réfléchit. De temps en temps, je l'entends marmonner quelque chose que je ne parviens pas à déchiffrer. Je voudrais avoir des dents dans mes oreilles pour pouvoir mastiquer calmement ce qu'elle dit. Je suis, moi, assis sur une des énormes racines du manguier que le cyclone Flora a arraché du sol, l'année dernière. Le pauvre manguier reste couché là, de tout son long, les racines à l'air. Je passe mon temps à regarder Da. J'aime la regarder. Son visage, complètement fermé. Les lèvres serrées. Des milliers de rides. Les rides en se croisant forment des lettres de l'alphabet : des F, des Z, des H, des X, des Y, des T, des I, des L et des K, mais rarement des M, des G ou des Q. Il y a aussi des W, et même un O.

LE CAFÉ BOUT

Déjà les canards de Naréus. Les petits en avant. Le père et la mère fermant la marche. Ils vont déjeuner dans le parc communal. Les canetons raffolent des vers de terre. Je n'ai pas classe, aujourd'hui, me semble-t-il. Si c'était un jour régulier, à cette heure, il y aurait déjà un vacarme de tous les diables dans le parc communal. On aurait entendu la voix d'Oginé hurlant aux ânes de ne pas s'approcher des mulets. Les ânes sont têtus, mais pas imbéciles. Les mulets, si. Les mulets n'ont pas de cervelle. Ils se laisseraient bouffer par les mouches si Oginé ne s'en occupait pas constamment. Mais, ce matin, aucun bruit. Les paysans ne sont pas descendus des mornes. On n'entend pas les élèves repasser leurs leçons. Tout est étrangement calme. Même les feuilles des arbres semblent être en attente de quelque chose. Marquis, couché près du feu, les yeux mi-clos. Une ville muette. Subitement, le café se met à bouillir. Da se réveille en sursaut. Elle déteste le café bouilli. Il fallait le sortir du feu à temps, juste avant qu'il ne se mette à bouillir. C'est ce que Da ne rate jamais de faire.

TOUS DANS LA COUR DES CASERNES

On entend, de loin, le clairon des casernes. Da prête l'oreille, en même temps que Marquis.

— J'arrive à temps, dit Fatal en regardant la cafetière.

— C'est du café bouilli, dit Da.

— Je ne ferai pas trop de manières, ce matin, Da…

Da sert une tasse de café bouilli à Fatal. Il s'assoit calmement avant de prendre une bonne gorgée.

— On dirait un médicament, jette Fatal en recrachant le café.

— Je t'avais prévenu, dit Da. Je préfère aller en prison que de boire du mauvais café.

Fatal remet doucement la tasse sur la table bancale.

— Raconte-moi ce que tu sais, maintenant.

— Vous n'avez pas entendu le clairon tout à l'heure, Da ?

— Oui, dit Da avec une certaine anxiété.

— C'est le grand rassemblement. Il paraît que même les chefs des sections rurales sont en ville, chamarrés comme tout, Da. Ils sont arrivés ce matin, m'a dit Poisson, le tailleur qui habite derrière les casernes. Et ce qui est incroyable, Da, c'est que personne, et j'ai parlé avec tout le monde, ne connaît la raison précise de ces arrestations.

— C'est ce qui est inquiétant, dit Da.

— Maintenant, il paraît qu'on a fait sortir tout le monde dans la cour des casernes, enfin, tous ceux qu'on a arrêtés cette nuit et ce matin, parce que, Da, les arrestations se sont poursuivies jusqu'à cinq heures du matin.

Fatal est véritablement excité. Je ne l'ai jamais vu ainsi. On ne peut pas savoir s'il est heureux ou en colère, tant il semble excité.

— Fatal, tu devrais faire un peu plus attention à qui tu parles à partir de maintenant, dit Da tout en préparant un autre café.

— Da, s'exclame Fatal d'un air déterminé, on ne peut pas les laisser... On ne peut tout simplement pas, Da, s'asseoir à les regarder faire.

Il marche de long en large, le chapeau à la main, les mâchoires contractées.

— Je te demande simplement d'être prudent, dit Da une seconde fois. Il me semble que tu pourrais être plus utile à l'extérieur des casernes qu'à l'intérieur.

Sans ralentir le rythme, il se retourne vers elle, comme s'il venait d'être piqué par une guêpe.

— C'est sûr, Da, mais si seulement on pouvait savoir ce qui se passe réellement. Qu'est-ce qui se passe dans cette ville ? Quelle est la raison de ces arrestations massives ? Plus j'y pense, moins je comprends. Pourquoi Simplice, et pas Charles Reid... Me semble pourtant que Charles Reid... Je ne comprends rien, Da.

Il s'arrête pile.

— Et surtout, Da, que vient faire Philibert, le marchand de bois de La Gonâve, dans une affaire soi-disant politique ! La seule personne qui pourrait démêler cet écheveau, lance Fatal avec un sourire amer, il est là-dedans.

— Le notaire Loné, dis-je promptement comme si je répondais à une question d'examen.

Fatal se retourne vers moi, tout étonné.

— Qu'est-ce que tu fais là ? lance-t-il d'un ton bourru. Tu ne dois pas écouter les adultes. On discute de choses très graves.

Je me lève lentement, à contrecœur.

— Reste, dit subitement Fatal, c'est l'Histoire, et ce n'est pas seulement dans les manuels scolaires qu'on doit apprendre ces choses-là. L'Histoire se déroule sous tes yeux, mon garçon, et, un jour, tu pourras dire : « J'étais là quand ils ont arrêté tous les hommes de cette ville. » Et cette expérience, ça vaut une année de classe... Ouvre bien tes yeux et tes oreilles pour regarder passer l'Histoire sur son char de feu.

Fatal semblait transfiguré durant son discours. Da le regarde, étonnée.

— Le café est prêt, annonce-t-elle, tu ne prends pas une tasse avant de partir ?

Fatal sourit largement. Da lui sert un café. Fatal le hume longuement avant de prendre la première gorgée.

— Le breuvage des dieux, dit Fatal. Maintenant, je vais aux nouvelles, Da. Il doit bien y avoir une raison pour jeter en prison les hommes les plus respectables d'une ville. Sommes-nous des animaux, ou sommes-nous des humains, Da ? Telle est la question du jour.

— Sois prudent, Fatal.

Fatal fait un vague geste de la main qu'on peut interpréter comme on veut : peut-être a-t-il bien compris le message de Da et il essaiera d'être prudent ; ou peut-être qu'il n'a cure du danger.

Sitôt Fatal parti, arrive Thérèse.

—Avez-vous entendu la nouvelle, Da ?

—Bien sûr, dit Da avec un visage consterné.

—C'est incroyable, Da !

—Thérèse, je ne te cache pas que j'ai dû mettre un morceau de sel sous ma langue quand je l'ai appris.

—Et moi alors, dit Thérèse, je suis restée sans voix.

—Mais qu'est-ce qui se passe ? dit Da.

—Figurez-vous, Da, que je l'ai rêvé, hier soir.

Da ne semble pas comprendre ce à quoi Thérèse fait allusion.

—Oui, Da, comme je vous l'ai dit, je suis restée sans voix. Et dire que dans mon rêve, il était sur un grand cheval blanc que lui avait prêté Rodriguez.

—Ce cheval est mort, il y a deux ans, dit Da.

Thérèse ferme brièvement les yeux.

—Chadillon descendait la rue Lamarre, et la foule des deux côtés de la rue l'applaudissait… Oh, Da, il avait fière allure. Vous savez comment il est soigné de sa personne. C'est vraiment un homme élégant, n'est-ce pas, Da ?

—Thérèse, que veux-tu dire ? Quel rapport avec les événements d'aujourd'hui ?

Thérèse se retourne vivement.

—Quels événements, Da ?

Da sourit.

—Continue, Thérèse, raconte-moi ton histoire avec Chadillon.

Le visage radieux de Thérèse en entendant ce nom.

—Da, il m'a demandée en mariage, ce matin.

Elle esquisse en même temps quelques pas de danse.

—Excuse-moi, Thérèse, dit Da, je l'ignorais.

Félicitations, ma chère.

—Merci, Da. Je dois vous quitter, maintenant. Je vais voir Julie pour la robe. Chadillon veut qu'on s'unisse tout de suite. Il a toujours été comme ça : lent à se décider, mais prompt à agir. Il paraît, m'a dit Cornélia, que les célibataires endurcis sont tous ainsi. Ils ne se marient qu'après la mort de leur mère. Seigneur, heureusement que la vieille a cassé sa pipe avant que je ne sois devenue aussi amère que de l'assorossi ou plus ancienne que de l'eau devenue jaune dans une bouteille. Da, s'il veut quelqu'un pour remplacer sa mère, je n'ai aucune objection à cela. Du moment que ça ne le gêne pas pour avoir des enfants, parce que, moi, j'en veux au moins une douzaine. Il n'y a que les enfants qui comptent, n'est-ce pas, Da ?

—Tu fais bien, Thérèse, après tout, c'est ta vie.

—Oh, Da, je suis si heureuse. Il ne voulait même pas attendre la robe de mariage. Il est vraiment pressé, Da. Il veut sa nouvelle maman, et il l'aura, Da… Il sera mon premier bébé, oh, je vais le dorloter, celui-là ! Faut que je vous quitte pour de bon, cette fois. Ma couturière m'attend pour la robe, on doit choisir ensemble le tissu et la coupe. J'ai vu de si beaux tissus chez les Martinez. Julie m'avait demandé d'être chez elle avant midi…

LE COUVRE-FEU

Thérèse venait de partir, il y a cinq minutes, quand le clairon des casernes retentit. Devant l'École nationale des garçons. Da m'envoie aux nouvelles. Je file. Marquis fait semblant de se lever pour me suivre, mais finalement se recouche. Depuis son accident, il est devenu le chien le plus flemmard du monde. Il ne fait plus rien. Il se contente de faire semblant. La seule chose qui l'excite encore, c'est le ronflement du camion diesel de Gros Simon. Alors son oreille gauche se dresse, suivie de la droite, et il démarre tout de suite avec un long et sourd grognement qui finit par exploser dans un aboiement éclatant. Il peut aboyer ainsi jusqu'à ce qu'on ne perçoive plus le moindre bruit du camion.

J'arrive devant l'École nationale des garçons. La foule autour de Djo. Je suis toujours impressionné par la pomme d'Adam de Djo, surtout quand il est en train de lire les déclarations officielles. L'énorme pomme d'Adam monte et descend dans sa gorge. Des fois, j'ai l'impression qu'il l'a avalée, plus de pomme d'Adam pendant trois secondes. Subitement, la voilà qui réapparaît là où on ne l'attendait plus : tout en haut de la gorge.

Djo est maigre comme un balai avec cette énorme pomme d'Adam et une voix de stentor.

LIBERTÉ ÉGALITÉ FRATERNITÉ
RÉPUBLIQUE D'HAÏTI

Afin d'assurer la protection des biens et des personnes, la gendarmerie d'Haïti proclame un couvre-feu général et illimité sur toute l'étendue du district de Petit-Goâve. Cet avis prend effet à partir de ce midi. Passé cette heure, toute personne surprise dans la rue sera passible d'une amende de 125 gourdes et d'une sévère peine de huit jours de prison.

Fait aux casernes Faustin Soulouque
Capitaine Max Célestin

Le clairon de nouveau.

La voix forte de Djo dont la pomme d'Adam monte et descend comme un yoyo.

— La foule est priée de rompre en ordre et en silence.

Personne ne bouge. On attend l'explication de l'arrêté des casernes. Un moment de flottement. Finalement, Djo consent à expliquer en langue vernaculaire ce qu'il vient de lire.

— Le capitaine vous dit de rester chez vous, et de ne pas bouger de votre maison jusqu'à nouvel ordre. Si on vous attrape dans la rue, à partir de ce midi, et pour quelque raison que ce soit, vous êtes passibles d'une amende de cent vingt-cinq gourdes, en plus d'un séjour de huit jours en prison. Et maintenant, rentrez chez vous.

— Est-ce qu'on peut bouger dans la maison, au moins ? demande Chobotte, la marchande de légumes de la rue La-Justice.

— Oui, mais il ne faut pas sortir de la maison, répond naïvement Djo.

— Et si on a besoin d'aller à la selle dans la cour ?

— Non. La loi dit qu'il ne faut pas quitter la maison.

— Djo ! Djo ! crie une voix suraiguë.

— Oui, dit Djo.

— Djo ! Djo ! Qu'avez-vous fait des prisonniers ?

— Oui, ajoute une dame membre de la Société des filles de Marie, qu'avez-vous fait de mon mari que des soldats sont venus arrêter chez lui, cette nuit ?

— Écoutez, madame, dit Djo déjà en sueur, je ne fais pas de politique… Je travaille pour le Parquet qui m'a prêté aux casernes uniquement pour le temps de la lecture de cet arrêté à la population.

— Djo ! Djo ! Djo ! (Une voix stridente.) Les Petit-Goâviens vous crachent dessus !

On n'arrive pas à bien distinguer la personne qui parle. La pomme d'Adam de Djo monte et descend à une folle vitesse.

—Écoutez, dit l'homme à côté de Djo, il vous a dit qu'il a été prêté par le Parquet à la gendarmerie. Vous devez comprendre qu'il ne fait que son travail d'employé de l'État.

—Djo ! Djo ! Djo ! lance la même voix stridente que tout à l'heure.

Subitement, Djo se sent en danger dans cette foule. Il s'essuie le visage avec un mouchoir rouge (signe qu'il fait partie d'une secte secrète), regarde fébrilement à droite et à gauche (sa minuscule tête tourne comme une girouette) avant de lancer, en désespoir de cause, ce dernier avertissement à la foule en colère.

—Le couvre-feu commence dans un quart d'heure.

C'est la panique.

—Je n'ai même pas de sel à la maison, dit une femme.

—Je n'arriverai jamais à temps chez moi, marmonne une vieille édentée.

—Moi, j'habite à Petite-Guinée, et je ne connais personne dans les environs, lance une énorme femme.

—Dans ce cas, vous avez le droit de rentrer dans n'importe quelle maison, madame. Les gens comprendront que c'est une urgence, dit calmement un monsieur à bicyclette.

—Pourquoi ne l'amenez-vous pas chez elle avec votre bicyclette ? jette Chobotte.

—Comment ferai-je pour revenir puisque le couvre-feu entre en vigueur dans moins d'un quart d'heure ?

—Vous êtes un homme, réplique Chobotte.

—Mais, madame, dit l'homme à bicyclette sur un

ton excessivement poli, ce sont surtout les hommes qu'ils emprisonnent.

— C'est vrai, dit la dame de la Société des filles de Marie, on a arrêté mon mari et ses deux frères.

— C'est qui votre mari ? demande Chobotte.

— Le professeur Maurice David et ses deux frères, Loulou et Nissage.

— On a arrêté le professeur David, et nous, on accepte que Djo continue à circuler comme ça parmi les gens de bien.

— Je ne suis qu'un messager, dit timidement Djo tout en se frayant un passage dans la foule.

— Djo ! Djo ! Djo ! (La même voix stridente.)

Djo avait disparu.

ON FERME LES PORTES

Da m'attendait sur la galerie. La voix de Djo lui était parvenue distinctement. Elle avait déjà fermé les deux portes sur le côté gauche de la maison. Il reste les portes en avant, et la porte qui donne sur la cour. Les fenêtres aussi. La même opération qu'on fait avant d'aller se coucher. Sauf qu'il est midi. Da croit que les soldats vont commencer à patrouiller vers deux heures de l'après-midi, donnant ainsi une chance aux gens de Vialet, de la Hatte ou de Petite-Guinée de rentrer chez eux.

— Et les marchandes qui viennent d'aussi loin que les Palmes, Da ?

— Je pense qu'on va les placer dans les hangars derrière la mairie… En tout cas, c'est ce qu'on fait quand on annonce un cyclone imminent.

— As-tu déjà vu ça, Da ?

— C'est la première fois que je vois un couvre-feu à midi, Vieux Os.

— Toutes les maisons seront fermées dans quelques minutes comme si c'était minuit, lancé-je totalement excité par tous ces événements.

LE CANARD DE CORNÉLIA

J'entends un grattement à la porte qui donne sur la cour. Qui ça pourrait bien être ? On dirait un animal. J'ouvre prudemment. C'est la vieille Cornélia.

— Da… Da, tu es là ?

Da arrive.

— Qu'est-ce qu'il y a, Cornélia ? Tu devrais être chez toi en ce moment.

Da est la seule personne de ma connaissance qui ne dit pas « la vieille Cornélia ». Elles ont à peu près le même âge, mais Da fait beaucoup plus jeune qu'elle.

— Je cherche mon canard, Da. L'as-tu vu, Vieux Os ?

— Le couvre-feu n'est pas pour les bêtes, Cornélia.

— Je sais, Da, mais quelqu'un m'a dit que les soldats raflent tout sur leur passage.

— Ne t'inquiète pas, Cornélia, ils ne toucheront pas à ton canard.

Da ne veut pas dire à Cornélia que son canard est trop vieux pour intéresser les soldats, mais je sais que c'est ce qu'elle pense.

— Je vais voir, Da, s'il n'est pas au parc communal.

— Je te dis de rentrer chez toi, Cornélia, sinon je vais appeler Édouard, ton neveu, pour qu'il vienne te chercher.

— Da, dit Cornélia en pleurant, je ne peux pas

dormir sans mon canard. C'est Naréus qui me l'a donné. Quand je l'ai eu, il était tout jaune avec du duvet partout, et maintenant il est aussi laid que moi… Je ne peux pas dormir sans lui, Da, mais ne t'inquiète pas pour moi, je sais où il se cache. Il est sûrement au parc communal. Je vais le trouver, et on va rentrer à la maison, Da, ne t'inquiète pas…

Le dos voûté de la vieille Cornélia s'en allant vers le parc communal. La grande peur de Da, c'est d'avoir, un jour, le dos aussi voûté qu'elle. Je la vois très tôt, le matin, qui prie la Vierge Marie de lui épargner cette « injure », et tout de suite après, elle se redresse fièrement pour faire quelques pas devant le grand miroir ovale.

— Da, dis-je, je crois qu'on a oublié Marquis.

Je pars comme une flèche. Je suis une flèche. J'entends le vent dans mes oreilles. Une petite boule dans ma poitrine. Heureusement que je trouve Marquis tout de suite. Dans le parc, sous le manguier, à côté du canard de la vieille Cornélia (deux vieux amis). Je ramène le canard de la vieille Cornélia qui me remercie en pleurant de joie, cette fois. Je retourne vers Marquis. Me voilà obligé de le traîner par la peau du cou. Il venait de déterrer, à l'instant, un os. Un os couvert de fumier.

LE SIÈGE

Il est midi depuis vingt secondes.

— Vingt et un, vingt-deux, vingt-trois, vingt-quatre, vingt-cinq, vingt-six, vingt-sept, vingt-huit…

— Arrête, Vieux Os, dit Da, tu me donnes le tournis…

Nous sommes maintenant dans la grande salle en avant, celle qui servait autrefois d'entrepôt pour le café. Les sacs de café allaient jusqu'au plafond. C'était avant la grande faillite qui a mis Petit-Goâve et mon grand-père sur la paille. Da est assise sur sa dodine, et moi, je suis couché par terre. Comme si on était sur la galerie. Da a placé le réchaud le plus loin possible de nous pour empêcher que la fumée nous incommode. Son café au chaud, Da semble calme.

— Je vais te raconter une histoire que ma mère m'a racontée…

Je n'arrive pas, malgré tous mes efforts, à remonter dans ma tête jusqu'à la mère de Da, même pour essayer de deviner à quoi elle pouvait ressembler. Cela me semble un temps si ancien que seules de rares personnes à Petit-Goâve (Da, la vieille Cornélia ou Nozéa) ont pu l'avoir connue durant leur enfance.

— Tu es dans la lune, Vieux Os.

— Non, Da, plutôt dans le temps.

Da sourit. Elle dit souvent que j'ai la langue trop bien pendue, et qu'un jour, cela pourrait me jouer des tours. Elle dit ça, mais on voit bien que cela lui fait plaisir que je réponde ainsi du tac au tac.

— Ma mère m'a raconté, dit Da d'une voix calme, le siège de la ville de Miragoâne, notre voisine. Quand tu vas vers le département du Sud, tout de suite après Petit-Goâve, c'est Miragoâne qu'on trouve. Cela se passait vers la fin du siècle dernier. Le chef des rebelles s'appelait Boyer Bazelais… Zazou (le nom de la mère de Da) partait de Boucan-Bélier pour s'arrêter au marché de Petit-Goâve. À l'époque, le marché se trouvait derrière l'hôpital. C'est le docteur Cayemitte qui a fait déplacer le marché, simplement pour des raisons sanitaires, pour le mettre à côté des casernes.

J'adore quand Da parle de sa mère. J'ai l'impression que cela remonte jusqu'à l'origine du monde. Toujours des histoires de guerres sanglantes, de terribles famines, de voyages interminables pouvant durer des mois entiers, de rencontres terrifiantes avec des démons qui semblent sortir tout droit de l'enfer… Je préfère les histoires vraies de Da aux contes de la vieille Cornélia.

—Après, dit Da, Zazou reprenait la route qui mène à Miragoâne, s'arrêtait brièvement à Vialet chez Rosa, sa sœur qui s'est mariée avec un grand planteur, un nommé Jules César Labasterre, ensuite elle devait passer trois jours chez le parrain d'Hiram, mon frère, pour, finalement, prendre la route, une nuit de pleine lune, vers le grand marché de Miragoâne. Dès qu'on a annoncé la possibilité d'un siège (Miragoâne, avec à sa tête Boyer Bazelais, s'était rebellé contre Port-au-Prince, et l'armée du gouvernement se trouvait aux portes de Miragoâne), les marchandes des communes environnantes se sont ruées vers Miragoâne. Les habitants de la ville achetaient pour le stocker tout ce qu'ils trouvaient au marché. Certaines marchandes plus agressives que d'autres, dont la grosse Germaine de Vialet, ont pu ainsi faire fortune. Elles vendaient leurs marchandises, rentraient chez elles, à Zabo, Boucan-Bélier ou aux Palmes, pour retourner immédiatement à Miragoâne avec de nouvelles marchandises… Fallait voir, me disait ma mère, la file de mulets qui les suivaient. Elles vendaient tout à nouveau pour retourner du même coup à Boucan-Bélier ou ailleurs. Zazou est arrivée la veille du siège. Naturellement, personne ne pouvait savoir que c'était la veille du siège, que le lendemain, les troupes gouvernementales allaient encercler pour de bon la ville. Zazou a tout vendu très vite, mais quand elle a voulu repartir, elle a trouvé des soldats aux portes de la ville. Plus moyen de sortir. C'est ainsi qu'elle a passé plus de deux ans à Miragoâne. Vers la fin, les assiégés mangeaient leurs propres animaux domestiques. Zazou m'a raconté qu'elle a vu un homme tuer son âne pour pouvoir nourrir sa famille. C'était terrible. Elle regardait passer, chaque jour, la file des cercueils. Après deux mois de ce régime, on ne prenait plus la peine d'enterrer les gens décemment, on se contentait de les jeter dans une fosse commune. Beaucoup plus que les francs-tireurs de l'armée gouvernementale, c'est le choléra qui a causé le plus de ravages durant ces temps terribles. Zazou raconte qu'elle est allée manger chez une amie qui lui a offert de la viande. Comme la viande était rare, elle a refusé d'y goûter. Ce n'est qu'en partant qu'elle a remarqué l'absence du chien de la maison.

Je jette un coup d'œil à Marquis qui se met à gémir comme s'il avait compris de quoi on parlait.

COMME DES SAUVAGES

On tambourine à la porte du salon, celle qui donne sur le parc communal. Cette porte est toujours mal fermée, à cause d'un défaut du crochet. Si on frappe trop fort contre elle, elle risque de s'ouvrir. Je me cache sous la grande table qui servait autrefois de table de triage pour le café en grains. De ma position, je vois les pieds se dirigeant vers le salon.

— Qui va là ? demande Da d'une voix énergique, à la manière des soldats.

— C'est moi, Da. Ouvrez vite.

— C'est qui ?

— Ouvrez vite, Da. Ils viennent par ici.

— Je n'ouvrirai pas si vous ne me dites pas votre nom.

— C'est Fatal, Da, dit-il d'une voix altérée par l'émotion. Ils arrivent...

— Je n'avais pas reconnu ta voix, dit Da.

Moi non plus, je n'ai pas reconnu tout de suite la voix de Fatal.

Da ouvre la porte. Fatal s'engouffre à l'intérieur comme un grand vent de novembre. Au même moment, on entend un vacarme dans la rue. Da et Fatal restent figés au milieu du salon. Dehors, il doit y avoir au moins une centaine de personnes en train de hurler des ordres et des contre-ordres. On dirait qu'ils cherchent quelqu'un.

— Il ne doit pas être bien loin, lance une voix.

— Il ne pourra pas nous échapper, ajoute une autre.

Je reconnais dans le brouhaha la voix du père d'un de mes camarades de classe, un certain Saint-Hilaire de Petite-Guinée.

— C'est toi qu'ils cherchent comme ça ? chuchote Da.

— Oui, dit Fatal. Ils m'ont repéré près du lycée. Je sortais de chez Nèg-Feuilles. C'est alors qu'ils m'ont pris en chasse. J'ai couru comme un dératé, Da. J'ai longé la petite rue qui débouche sur la rue Dessalines. Je suis passé par le terrain de Batichon pour tomber dans la cour de Thérèse.

— Quelle affaire ! dit Da.

— Je vais voir ce qui se passe, dit Fatal d'une voix encore essoufflée tout en se dirigeant vers la grande porte.

Da se lance derrière lui.

— Je suis chez moi, dit-elle fièrement.

Fatal lui fait signe de s'approcher doucement. Ils

regardent un long moment par le trou de la serrure.

— On dirait des bêtes sauvages, dit simplement Da.

Le vacarme se fait de moins en moins assourdissant jusqu'à ce qu'on n'entende plus rien. Da et Fatal restent encore près de la porte. Da a l'air soucieuse.

— Que font tous ces hommes en civil ? demande-t-elle.

— Da, on dirait qu'on a engagé tous les voyous de cette ville.

— Pourquoi sont-ils armés ? Seul un militaire, ajoute Da, a le droit de porter des armes.

— Il se passe quelque chose, murmure un Fatal songeur.

— Qu'est-ce qui va nous arriver ? dit Da en revenant vers sa dodine.

Da offre une tasse de café à Fatal.

— Da, vous m'étonnerez toujours... C'est exactement ce qu'il me fallait après toutes ces émotions.

Da sourit dans la pénombre.

RÊVE DE CAPE ET D'ÉPÉE

Je sors de la maison par la porte qui donne sur la cour. Et je me lance dans une course effrénée. Je tourne à gauche, remonte la rue Desvignes jusqu'à la rue Geffrard. Ils sont déjà là. Les tueurs. Devant la porte de Vava. Ils emmènent sa mère. Vava s'agrippe à sa jupe.

— Laissez ma mère tranquille. Vous n'allez pas l'emmener...

Deux types en chapeau essaient vainement de la repousser. Vava continue à s'agripper à sa mère.

— Bande d'assassins ! Vous ne me prendrez pas ma mère !

Je m'empare d'une pierre tout en m'approchant de l'homme armé qui se tient près de la maison de Vava. Je le frappe derrière la tête. Il tombe face contre terre. Un bruit sourd. Je prends son fusil. Maintenant, je m'approche des deux hommes qui tentent d'emmener la mère de Vava, le fusil pointé vers eux.

— Le premier qui bouge, je lui fais sauter la cervelle.

Oh, la jolie surprise !

— Maintenant, lâchez la femme. Vous deux (Vava et sa mère), rentrez dans la maison et barricadez-vous.

La mère de Vava se précipite à mon cou.

— Mon jeune héros !

Je la repousse un peu rudement. Le travail n'est pas terminé. Je viens de repérer un tueur, au fond de la cour, qui profitait de la petite scène un peu émouvante pour épauler son fusil. La balle lui est passée près de la tête.

— La prochaine fois, je lance, il n'y aura pas d'avertissement. Et vous, madame, fermez bien les portes.

Je regarde avec un sourire attendri Vava et sa mère pénétrer dans la maison. Après qu'elles se furent bien barricadées, je me tourne vers les tueurs.

— Maintenant que les femmes sont en sécurité, je veux parler à votre chef.

Un homme se présente. Il ressemble étrangement à Frantz.

— Je vous méprise, monsieur. Vous mettre à plusieurs pour vous en prendre à une pauvre femme et à une innocente fille... Mais si vous me donnez votre parole d'honneur que vous les laisserez en paix, je me rendrai à vous...

— Je vous donne ma parole, dit le chef.

Je lance mon fusil à ses pieds. Aussitôt, son lieutenant qui ressemble étrangement à Rico s'en empare.

— Saisissez-vous de lui, dit le chef. Et que quatre

hommes aillent là-haut me chercher la femme, et prenez aussi la fille pendant que vous y êtes…

Je me débats comme un tigre et finis par me dégager.

— Un homme qui n'a pas de parole ne peut être un vrai chef, je crie.

Les quatre hommes, qui s'apprêtaient à défoncer la porte, se sont arrêtés net.

— Un homme, je continue, qui envoie quatre hommes s'emparer d'une femme sans défense et d'une innocente fille, ne saurait être un chef.

Les tueurs semblent pétrifiés.

— Prouvez que vous êtes encore un chef en vous battant seul à seul avec moi.

On entendrait voler une mouche. Le chef semble hésiter un long moment.

— Cet homme n'est pas digne d'être votre chef ! je hurle.

Des hommes musclés et en sueur (je reconnais quelques débardeurs du port) s'emparent promptement de moi pour me porter en triomphe par-dessus leur tête.

— Vive notre chef ! crie l'un d'eux qui ressemble étrangement à Tony Auguste.

— Vive notre chef ! répète la foule.

Je me retourne pour voir toute la ville à mes pieds. Une salve d'honneurs. On m'emporte vers le bas de la ville. Je jette un dernier regard vers la fenêtre. Les grands yeux noirs de Vava. La joie éclatante de sa mère. L'amour rouge. Mais aussi l'odeur forte du sang et de la poudre. L'appel de la gloire. L'irrésistible courant populaire.

— C'est comme ça que tu comptes me protéger, dit Da en me secouant légèrement.

— Donnez-moi un fusil, je clame.

— Vieux Os !

J'ouvre les yeux. Le visage souriant de Da au-dessus de ma tête.

— Pourquoi veux-tu un fusil ?

Je regarde un moment autour de moi. Tout s'est envolé en fumée. La foule, les tueurs, Vava, sa mère et mon rêve de gloire. Je reste seul, à demi nu, sous la grande table.

— Tu as rêvé, me dit Da. Tu te battais dans ton rêve. Tu hurlais, comme un jeune poulain encore sauvage.

— Oui, Da, je faisais un rêve.

— Pourquoi voulais-tu un fusil ?

— Dans mon rêve, Da, je libérais la ville.

— Vous voyez, dit Fatal en se levant, ce garçon m'indique le chemin à prendre… Au lieu de rester assis sur mon derrière, excusez-moi l'expression, Da, comme un lâche, je devrais être dehors en train de préparer la résistance.

J'aime voir Fatal s'enflammer ainsi.

— Pas de bêtise, Fatal, tu vas rester assis sur cette chaise. Que peux-tu contre une bande de dégénérés, de voyous armés que ceux qui les manipulent ont d'abord pris soin de soûler avec du mauvais tafia de Batichon ?

— Batichon a été arrêté aussi, Da.

— Oui, mais c'est son tafia qui court dans les veines de ces voyous armés.

— Mais, Da, commence Fatal, si personne…

— Assieds-toi, j'ai dit ! C'est précisément ce qu'ils attendent de ta part et de celle des autres. Ils veulent de vous un geste irréfléchi pour vous abattre comme des chiens. Comment se fait-il que tu n'as pas encore compris leur manœuvre ?

Un long moment de silence.

— Vous avez raison, Da. Mais pourquoi ? Surtout, j'aimerais savoir qui est derrière tout cela ? Ce n'est sûrement pas le maire qui a peur de son ombre, ni le commissaire du gouvernement, trop prudent et surtout trop légaliste pour entreprendre ce type d'opération. Alors, c'est qui ?

— Qui est-ce qui reste ? demande Da.

— Donc, conclut Fatal, c'est le préfet Montal ou le capitaine… L'un ou l'autre.

— Ou les deux, dit Da calmement.

— C'est impossible, dit Fatal, ces deux-là ne peuvent pas se sentir.

— Pas s'ils reçoivent d'une instance supérieure l'ordre de s'unir pour cette sale besogne.

— Il faut que ce soit, Da, une instance très supérieure.

— Port-au-Prince, dit Da.

Fatal acquiesce sombrement de la tête.

LE PROBLÈME DE MARQUIS

De temps en temps, Marquis lance un hurlement lugubre.

— Le chien hurle à la mort, dit Fatal.

— Je crois surtout qu'il veut sortir, jette Da.

Fatal se tourne vers moi.

— Nous, nous pouvons comprendre ce qui se passe, m'explique-t-il, mais ton chien, lui, ne comprend rien aux affaires humaines. Il faut le laisser sortir, sinon il va faire un bruit d'enfer.

Je sais que Marquis comprend très bien ce qui se passe. Il n'est pas bête. Son problème en ce moment, c'est qu'il veut traîner son derrière par terre. Et il sait que Da le mangera vif, si jamais il se mettait à faire ses besoins dans la maison. Fatal va ouvrir la porte du salon, et Marquis part comme un boulet de canon. Juste à temps.

LE GOÛT DU CAFÉ

L'odeur du café des Palmes, le café préféré de Da, embaume toute la maison, dont les portes et les fenêtres sont fermées.

— Da, venez voir le ciel, dit Fatal.

Da ne bouge pas de sa dodine.

— Sais-tu combien de fois j'ai vu le ciel de ma vie, Fatal ?

Moi, je ne l'ai pas assez vu puisque je me lève pour aller le regarder. Le soleil déclinant de cinq heures de l'après-midi. Je n'arrive pas à comprendre qu'il fasse encore soleil et qu'il n'y ait personne dans les rues. Comme s'il était minuit.

— Ferme la porte, dit Da.

Da se verse un café. Fatal a déjà sa tasse bien remplie. Je suis assis sur le petit banc, en face de Da. Et pour la première fois de ma vie, elle m'en offre. Du vrai café. Pas celui coupé à l'eau que je prends avec du pain au déjeuner. Là, c'est du vrai café. Le café des Palmes dans toute sa vigueur.

Je prends ma première gorgée.

— Ah, c'est ça que ça goûte ! je dis.

Da rit. Fatal, aussi.

Dix heures du soir. Je vois Da tendre l'oreille.

—On dirait des bruits de pas, dit Da. Tout près d'ici…

Fatal regarde par le trou de la serrure.

—Venez par ici, Da. Venez voir… On dirait qu'ils transportent quelqu'un.

—Mais oui, Fatal, tu as raison. C'est un corps qu'il y a dans le sac.

—Mais qu'est-ce qu'ils sont en train de lui faire ? Ils sont complètement soûls.

Soudain la porte s'ouvre. Da sort sur la galerie. Les deux mains sur les hanches.

—Bande d'assassins ! Vous n'avez pas le droit de traiter un être humain ainsi. Vous ne respectez rien. Charognards !

Da crache par terre. La lune blafarde. Les visages étonnés du petit groupe de tueurs.

—Si ce n'était pas vous, Da, lance quelqu'un dont le visage est caché sous une cagoule.

—Vous ne me faites pas peur, bande de lâches. Qu'est-ce que vous voulez encore à ce malheureux ?

—Vous le voulez, Da ? dit un grand type en lançant le sac sur notre galerie.

Et ils continuent leur chemin en gueulant des chants obscènes.

—Ils sont soûls en plus, dit Da en se tournant vers Fatal qui grelotte encore de peur.

—Da, dit Fatal, vous venez juste de me dire de ne pas faire de bêtise.

Da regarde Fatal droit dans les yeux. Je ne l'ai jamais vue aussi déterminée.

—Je suis une vieille femme qui a fini d'acheter et

de vendre dans ce bas monde. Je n'ai pas peur de mourir. La politique ne m'intéresse pas, mais je ne peux pas supporter l'injustice. Maintenant, venez m'aider à transporter ce malheureux à l'intérieur.

On place le corps sur le petit lit du salon. Fatal le sort du sac.

— Je le connais, dit Da, c'est Prophète, un homme de Deuxième-Plaine.

Je n'ai pas attendu qu'on me le demande pour aller chercher de l'eau et une serviette blanche. Da nettoie doucement le visage ensanglanté de l'homme. Je cours remplir le pot d'eau à nouveau. Da le lave complètement avec la serviette mouillée, et lui fait sentir un peu de camphre pour le faire revenir à lui. Rien.

— Il a reçu trop de coups à la tête, dit Fatal.

— Au moins, il respire, dit Da.

— Qu'est-ce qu'on peut faire ? demande Fatal.

— Il faut attendre, dit Da. Il ne faut surtout pas qu'il s'endorme… Je vais lui faire une compresse avec du marc de café.

LES FRÈRES PROPHÈTE

Vers une heure du matin. Quelqu'un frappe à la porte. Celle qui donne sur la cour. Da va ouvrir. Trois hommes épuisés en face d'elle.

— Nous sommes venus dès que nous avons su la nouvelle, Da. Ce sont mes deux frères, et je sais que vous avez sauvé la vie à notre frère aîné. Ce qui est arrivé, Da, c'est qu'il ignorait tout simplement qu'il y avait couvre-feu. Il était allé chercher du bois jusqu'à Bainet pour construire son voilier. Ils l'ont rencontré à Vialet, tout près de chez lui. Da, nous sommes des paysans de Deuxième-Plaine.

— Je sais, dit Da, je connaissais votre défunt père, Anthalcidas.

— Ils ont commencé à le battre, Da, depuis Vialet pour arriver à Petit-Goâve. (L'homme a un sanglot dans la voix.) Da, mon frère est un homme doux qui n'a jamais fait de mal à une mouche.

— Comment avez-vous su qu'il était ici, puisqu'il n'y a personne dans les rues, à part ces dégénérés ?

L'homme sourit. Un léger sourire un peu triste.

— Da, tout le monde sait ce qui se passe dans cette ville… Les portes et fenêtres sont peut-être closes, mais les yeux restent ouverts.

— Peut-on l'emmener avec nous ? demande le plus jeune frère qui se tenait un peu en arrière.

— Vous savez, dit le deuxième frère, nous avons une longue route à faire, et il nous faut éviter les mauvaises rencontres.

— Bien sûr, dit Da, en s'écartant pour les laisser entrer.

Les trois hommes vont directement au salon où se trouve couché leur frère. Ils le soulèvent avec une grande douceur, comme s'il s'agissait d'un oiseau blessé.

— Da, dit celui qui avait pris la parole au début, notre dette envers vous est grande, et les enfants de nos enfants le sauront.

— Je n'ai fait que mon devoir, dit Da simplement.

Ils enlèvent leur chapeau en même temps.

— Madame…

— Bonne route, messieurs.

Et ils disparaissent dans le léger brouillard de l'aube.

FATAL VA AUX NOUVELLES

Fatal est sorti tôt, ce matin, vers cinq heures. J'ai fait semblant de dormir. Il expliquait à Da qu'il devait absolument rencontrer quelqu'un qui pourrait le renseigner sur la véritable raison de ces événements.

—Comment peux-tu aller dans la vie sans même prendre une tasse de café !

—Je ne peux plus me contenter, Da, de regarder les événements se dérouler sans même essayer de les comprendre ou de savoir qui est derrière tout ça.

—Alors, fais bien attention, mon fils. Ce sont des bêtes assoiffées de sang. Tu as vu ce qu'ils ont fait à Prophète ?

—Oui, Da, je ferai bien attention.

Da ouvre la porte qui donne sur la cour. Je me lève à temps pour voir Fatal escalader le mur de la maison de Mozart pour tomber sûrement dans la cour de Batichon.

—J'espère qu'il ne va rien lui arriver, dit Da tout en s'agenouillant devant la statue de la Vierge pour la prière du matin. Seigneur, éloignez de nous ce calice amer…

DEBOUT LES MORTS !

Da s'attaque maintenant au psaume 90. Après la prière (un peu plus longue que d'ordinaire), Da et moi, nous nous lavons dans un coin de la salle à manger. Ensuite, j'aide Da à verser la cuvette d'eau sale par la fenêtre. Une bonne partie de l'eau est tombée de notre côté. Le soleil éclatant du matin éclaire d'une lumière argentée la crête des mornes chauves. Comme chaque jour, Da a salué nos morts, les morts de notre famille, en jetant de l'eau trois fois par terre.

— Brice, Arince, Inélia Beautrun, Lavertu, Charles Nelson… Débrouillez-vous afin de nous sortir de ce guêpier.

C'est ainsi que Da parle à nos parents morts.

— Allez, réveillez-vous, faites quelque chose, bande de fainéants. Vous ne voyez pas que les assassins se sont emparés de notre ville. La terreur règne et vous vous reposez. Eh bien, ce n'est pas le moment. Allez, debout les morts !

J'ai toujours eu peur qu'un jour ils se fâchent contre Da. Moi, j'aurais peur de parler ainsi à des morts.

Aujourd'hui, en raison de la gravité des événements, Da veut que je leur dise un mot aussi.

— N'aie pas peur, ce sont tes morts. Ils sont de ta famille.

J'ouvre la bouche, mais aucun son ne sort.

— Parle, Vieux Os. Laisse aller ton cœur.

J'ai la gorge complètement nouée.

— Sauvez-nous !

— Bravo, dit Da en applaudissant, je suis sûre qu'ils t'écouteront. Ton cœur est pur.

Je suis allé m'asseoir dans un coin, près de la panetière. Les mains moites. Je viens de parler aux morts.

THÉRÈSE FAIT SES EMPLETTES

Thérèse arrive au même moment avec un grand sac rempli de provisions Elle porte une belle robe bleue avec de grands boutons blancs aux poignets et sur les poches en avant. Elle a l'air de flotter.

— Qu'est-ce qui t'arrive ? demande Da, inquiète.

D'où viens-tu comme ça ?

— Oh ! Da, depuis ce matin, je fais des courses. Laissez-moi m'asseoir un moment.

— Comment ça ! Tu ne sais pas qu'il y a un couvre-feu, Thérèse ? Comment peut-on être aussi distraite ?

— Da, je n'ai vraiment pas le temps de m'occuper de ça, dit-elle en faisant un geste de la main pour banaliser toute l'affaire. Ces gens ont le temps, Da, ils n'ont rien à foutre, alors que moi, je dois faire face à un homme qui entend se marier dans les plus brefs délais, et ce n'est pas pour me déplaire. Devinez, Da, ce que Chadillon a fait, hier soir ? Il a passé la nuit sous ma fenêtre alors que toute la ville se terrait comme des lapins... Da, je ne peux pas dire ce qu'il voulait, il y a un enfant ici, mais je le comprends aussi, c'est un homme. Alors je dois m'activer pour qu'on se marie le plus vite possible. Comprenez-moi, Da, quand un homme est en chaleur, il ne peut pas attendre. Ce n'est pas comme nous. Je dis ça, mais je ne reste pas en place moi non plus, fait-elle avec un petit rire de gorge.

— Thérèse, tu n'as rencontré personne sur ton chemin ? demande Da d'un ton anxieux.

— Non, mais je ne dérange personne. J'étais seule, ce matin, dans les rues de la ville. Même les tueurs ont besoin de sommeil, Da. Pas un chat. Cela fait un peu étrange, Da, je dois dire, de ne voir personne dans les rues à huit heures du matin. Quand je dis personne, c'est personne. En même temps, Da, j'avais la paix, la sainte paix.

— C'est vrai, remarque Da, que ça doit faire étrange, une ville complètement vide...

— Je ne sais pas pourquoi les gens obéissent comme ça à des voyous. Peut-être qu'ils n'ont rien à faire et qu'ils profitent du couvre-feu pour rester chez eux à se reposer, mais moi, j'ai à faire. J'ai un mariage sur les bras, et croyez-moi, Da, ce n'est pas rien ! Bon, je suis passée chez Julie. Elle a eu peur, mais elle m'a quand même pris les mesures. C'est de l'argent que je lui apporte. Oh ! elle avait déjà mes mesures puisque c'est ma couturière depuis près de vingt ans, mais une robe de mariée, ce n'est pas la même chose. Ensuite, je suis allée acheter le tissu chez madame Martinez sur la Grand-Rue. Figurez-vous, Da, qu'elle ne voulait pas m'ouvrir, à moi, Thérèse ! Mais j'ai commencé à hurler comme une folle, Da, et elle a rapidement changé d'idée et m'a vendu ce tissu que j'avais commandé depuis un certain temps, une merveille, Da. Je ne l'ai pas avec moi, sinon je vous l'aurais montré. Je l'ai tout de suite apporté à Julie, c'est qu'on est pressé, dame…

Elle rit.

— Tu ne veux pas une tasse de café, Thérèse ?

— Non merci, je suis trop nerveuse pour ça, Da. Après le mariage, je boirai une cafetière entière, mais pour le moment, non, sinon je sauterai au plafond… Ensuite, qu'est-ce que j'ai fait ? Oh oui, j'ai été chez le boulanger, près du Calvaire, où j'ai acheté deux grands plateaux de biscuits : un pour vous, Da, et l'autre pour moi. Non non, Da, ne me remerciez pas, je me sens si heureuse. Maintenant, je vais aller déposer les commissions chez moi pour ressortir tout de suite après, car il me faut absolument voir le père Cassagnol, ce matin, avant son départ pour Port-au-Prince…

— Ah bon, dit Da.

— C'est ce que j'ai entendu dire. Il paraît qu'il est vraiment en colère avec tout ce qui se passe depuis hier et qu'il monte à Port-au-Prince se plaindre auprès de l'archevêque.

— Comment sais-tu cela ?

— Ninon était chez madame Martinez, ce matin. Elle est bizarre, celle-là, je parle de Ninon Gonzalez. Elle a refusé indistinctement tous les beaux partis de la ville pour se retrouver aujourd'hui seule et presque vieille. Je dis presque vieille parce que personne n'a jamais su son âge... Da, je ne veux pas faire de cancan, mais je me demande ce que faisait le capitaine, à six heures du matin, chez les Martinez quand la ville...

— Arrête ça tout de suite, Thérèse ! Je ne me mêle jamais des affaires des autres.

Un temps.

— Bon, Da, si j'avais su que cela allait être aussi excitant, je me serais mariée au moins quatre fois déjà avec mon Chadillon. Je vous assure, Da, que c'est aussi énervant qu'une première communion.

J'éclate de rire. Elle se tourne vers moi.

— Toi, ça te fait rire ? Da, ce garçon a grandi sans qu'on s'en aperçoive. Ah, le temps... Bon, faut que j'y aille.

— Fais attention, Thérèse. N'en demande pas trop à ton ange gardien.

LE CLAIRON DE MIDI

Da m'envoie écouter ce que Djo a à dire de nouveau. Une petite foule. Les gens ont encore peur de sortir. Ils craignent que ce soit un piège. Par prudence, Djo est accompagné, cette fois, de deux soldats.

LIBERTÉ ÉGALITÉ FRATERNITÉ
RÉPUBLIQUE D'HAÏTI

La gendarmerie d'Haïti informe la population de Petit-Goâve qu'elle est fière d'avoir assuré la protection des gens et des biens durant ces heures pénibles qu'a connues notre chère cité. Le calme étant relativement revenu, la gendarmerie accorde, en conséquence, une levée temporaire du couvre-feu qui prend effet à partir de cette minute pour se terminer à six heures, ce soir.

Fait aux casernes Faustin Soulouque
Capitaine Max Célestin

UN FOU REMONTE LA RUE

Les gens commencent à sortir de leur maison. On dirait des zombies qui quittent un cimetière à midi. Ils évitent de regarder le soleil en face. Tout se fait comme au ralenti, durant les premières minutes.

Un homme remonte la rue en frappant contre toutes les portes encore closes.

— Sortez, bande de cancrelats ! Vous avez peur de votre ombre !

L'homme arrive à notre hauteur et frappe contre la porte de l'infirmière Gisèle.

— Arrêtez de forniquer ! Vous confondez le jour avec la nuit comme des bêtes que vous êtes ! Les anges pleurent ! Arrêtez de souiller la face de Dieu ! SORTEZ DE VOS TOMBES ! SINON LA FOUDRE DE DIEU VOUS TOMBERA DESSUS ! LE BRAS VENGEUR DE L'ÉTERNEL VOUS ÉCRASERA ! OUVREZ ! OUVREZ CETTE PORTE !

Il se met à cogner durement. Finalement, le préfet Montal sort, torse nu. L'infirmière apparaît derrière lui en robe de chambre. L'homme a un moment d'hésitation (la ville retient son souffle) avant de recommencer de plus belle.

— AGENOUILLEZ-VOUS DEVANT LA PUISSANCE DIVINE, FORNICATEURS !

Promptement, il attrape l'infirmière Gisèle par les cheveux pour l'obliger à se mettre à genoux. Le préfet le frappe à la tête avec la crosse de son revolver. Le sang gicle, salissant le pantalon blanc de Montal. Le visage en sang, il continue à hurler.

— BABYLONE ! TROIS FOIS BABYLONE ! C'EST LE RÈGNE DE LA BÊTE !

Les deux gendarmes se précipitent sur la galerie. Djo intervient.

— Préfet, c'est un fou.

Immédiatement, l'infirmière Gisèle pousse le préfet à l'intérieur et referme bruyamment la porte.

Les gendarmes se regardent sans savoir ce qu'il convient de faire. Finalement, ils prennent la direction des casernes avec l'homme, mais arrivés près de la grande maison en bois des Rigaud, ils le laissent partir. Au lieu de se sauver, celui-ci s'en va frapper à la porte de la maison jouxtant le salon de coiffure de Saint-Vil Mayard.

— J'AI FAIM ! J'AI FAIM ! J'AI FAIM !

Une dame ouvre sa porte pour lui donner quelque chose enveloppé dans un vieux journal. L'homme s'assoit le dos contre la porte pour manger tranquillement.

— Il paraît qu'il vient d'une famille très riche de Miragoâne, et qu'il est devenu fou quand il a su d'où venait leur fortune, dit un homme de grande taille avec des favoris qui descendent jusqu'à une moustache extrêmement touffue.

— Ce sont des choses qu'on voit tous les jours, résume Chobotte.

DE NOUVEAU, LA VIE

Avant même que j'arrive à la maison, la ville était redevenue animée. Les gens courant à droite et à gauche. Les boutiques remplies de clients réclamant à cor et à cri du beurre, de la farine, du sel, de l'huile. Les chiens sont aussi de la partie. Je vois Marquis se lancer dans une folle course avec le chien de l'infirmière Gisèle, ce que je ne lui avais pas vu faire depuis belle lurette. Augustin Jérôme passe à bicyclette sans même prendre le temps de saluer Da, tant il est pressé. Da se tient debout sur la galerie, les mains sur les hanches.

Au cœur de tout ce vent de folie, Thérèse et Chadillon remontent calmement la rue Lamarre, la main dans la main.

Ils s'arrêtent au 88.

— Chadillon, voici Da, c'est comme ma mère… Si ma mère était encore vivante, je te l'aurais présentée.

— Bonjour, madame, dit timidement Chadillon.

— C'est « Da » qu'il faut dire, rectifie Thérèse.

— Eh bien, dit Da.

— Puis-je m'asseoir ? murmure Chadillon.

— Bien sûr, fait Da avec un sourire un peu artificiel. Vieux Os, va chercher deux chaises au salon.

— Pas pour moi, Da, dit Thérèse avec un bref éclat de rire, ici, je suis chez moi. Si j'ai besoin d'une chaise, j'irai la chercher moi-même.

Da s'installe confortablement sur sa dodine. Chadillon, raide comme un piquet, en face d'elle.

Thérèse, debout près de la porte, ne regardant que Chadillon. Et moi, je suis couché sur un des plateaux de la grande balance.

— Eh bien, dit de nouveau Da.

— Bon, commence Chadillon, les mains jointes entre ses jambes et les yeux pudiquement baissés vers la pointe de ses chaussures, cela fait huit ans que je travaille au bureau des Contributions avec l'inspecteur Léonce Gauvin. D'ailleurs, il me parle souvent de vous, Da, comme de sa bienfaitrice. (Un temps.) Vous savez comment c'est avec l'État, on ne peut jamais savoir quand le misérable chèquc va arriver, ce qui fait que ce n'est pas là-dessus que je compte pour faire des économies. (Il sourit tristement.) Disons, Da, que c'est un poste de prestige. Par ailleurs, j'ai pu m'organiser pour mettre sur pied un petit élevage de porcs et de cabris du côté de Deuxième-Plaine. Ça marche assez bien, Da, et c'est mon jeune frère Occilon qui s'en occupe.

— Vous ne trouvez pas qu'il parle bien, Da, dit Thérèse fièrement.

— Et la loterie ? demande Da.

Un long silence. Thérèse semble gênée.

— On a dit que j'ai gagné à la loterie. (Il fait une pause.) C'est vrai, Da, mais pas autant qu'on le dit. De toute façon, tout ce que j'ai sera à la disposition de Thérèse. Da, je crois que dans la vie (il relève la tête pour la première fois), il ne faut jamais se précipiter. Tôt ou tard, un homme finit par rencontrer la femme de sa vie.

— Oh, Chadillon, dit Thérèse d'une voix plaintive.

— Quand ? demande brusquement Da.

— Le plus tôt possible, dit Chadillon en regardant Thérèse.

— C'est la robe qui nous retarde, jette Thérèse. Dès qu'elle sera prête, Da, Chadillon et moi, nous nous marierons. Je dois voir Julie tout à l'heure à ce sujet.

— Voilà une nouvelle, dit Da comme si elle ne savait rien. Vieux Os, va me chercher dans l'armoire, sous les nappes blanches, les deux tasses à anse dorée. J'espère que vous allez prendre un café avec moi.

— Je n'osais pas en demander, Da, dit Chadillon avec un large sourire.

— Da, lance Thérèse, n'est-ce pas que vous allez m'apprendre à faire votre café ? Sinon je vous enverrai Chadillon chaque matin pour qu'il puisse en boire un.

Chadillon rit.

L'ACCIDENT D'ADRIENNE

Délia, la mère de Vava, passe devant notre galerie, suivie de Sauveur portant un lourd sac sur ses épaules.

— Tu as acheté tout le marché, lance Da en souriant à Délia.

— Oh non, Da, il y a là des provisions pour au moins trois autres personnes, en plus des miennes. Je vais derrière la Croix-Jubilée, chez ma sœur qui ne peut pas se déplacer depuis son accident à la jambe…

— Quel accident ? Je ne savais pas qu'Adrienne avait eu un accident !

— Mais oui, Da, elle est tombée de son mulet, il y a deux ans. Elle a déjà été se faire soigner trois fois à Port-au-Prince. Da, vous ne pouvez pas imaginer ce que ça coûte d'être malade aujourd'hui.

Da soulève la cafetière pour demander à Délia si elle veut une tasse de café.

— Da, je ne peux pas refuser, mais je ne resterai pas longtemps avec ces fous qui circulent dans les rues pour terroriser la population. Ils ont arrêté une marchande tout à l'heure qui se plaignait qu'on lui avait volé sa marchandise, la nuit dernière. Et il paraît qu'il faut se laisser écorcher vive sans proférer un cri... Sauveur, tu peux y aller. Tu connais la maison de madame Adrienne ?

— Oui, madame Délia.

— Bon, dis-lui que j'arrive.

Sauveur poursuit son chemin avec cet énorme fardeau sur les épaules.

— C'est que, Da, on ne peut plus parler devant personne, continue Délia. Je ne sais même pas si Sauveur n'était pas dans les rues, la nuit dernière, avec les tueurs.

— Comment se fait-il que personne ne m'ait rien dit à propos de l'accident d'Adrienne ?

— La pauvre, Da, elle ne peut plus bouger depuis cet accident. De temps en temps, Nèg-Feuilles passe la voir pour lui faire un massage, et c'est ça qui lui donne un répit avec la douleur.

Da fait signe à Délia de s'approcher d'elle.

— As-tu entendu quelque chose ?

— Rien, Da. Personne ne sait rien ou ne veut rien dire. Même madame Samson qui a été pendant si longtemps la maîtresse du préfet, je viens de la voir au marché, et elle n'en sait pas plus que vous et moi... Faut dire aussi qu'elle n'est plus dans le coup, depuis qu'elle s'est fait damer le pion par une autre femme. Maintenant que toute la ville sait que le préfet a passé la nuit chez l'infirmière Gisèle pendant que Camelo, l'amant de celle-ci, était en prison... C'est peut-être une affaire de haute politique, mais je suis sûre que beaucoup de gens, et pas des moindres, ont profité de cette situation extrême pour régler de vieilles querelles personnelles…

— Tu crois, Délia, que le préfet aurait fait jeter en prison la moitié de la ville uniquement pour pouvoir passer la nuit chez l'infirmière ?

— Les hommes de cette ville, Da, je dis cette ville puisque je n'ai jamais vécu ailleurs, se laissent facilement mener par leurs plus vils instincts. Quand ils veulent une femme, ils peuvent agir comme des bêtes.

— Je ne pense pas que ce soit le cas, dit Da tout bas afin que je ne puisse pas entendre, parce que ça fait un bout de temps qu'ils sont amants, et que Camelo le sait.

— Camelo le sait ! Je ne savais pas cela ! Vous m'apprenez quelque chose ! Malheureusement, je ne peux pas rester pour discuter plus longuement avec vous, Da. Je dois partir maintenant, si je veux passer un moment avec Adrienne.

— Dis-lui que je prierai pour elle, ajoute Da. S'il n'y avait pas toute cette affaire, je serais allée la voir…

Chaque fois que j'entends Da annoncer sa visite à quelqu'un, je ne peux m'empêcher de penser qu'elle n'en fera rien. J'ai l'impression qu'elle croit que si elle quitte la maison, même pour un bref moment, les hommes de Bombace viendront l'occuper, après avoir jeté ses affaires à la rue. Quand elle est assise sur sa dodine, elle ne craint rien.

LA FIÈVRE DE VAVA

Délia fait une bonne dizaine de mètres vers la Croix-Jubilée, avant de revenir sur ses pas.

— Ah oui, Da, Vava me fait une fièvre que je ne comprends pas. Elle a eu de fortes convulsions, la nuit dernière. Elle ne m'avait jamais fait ça auparavant. J'espère que ce n'est pas la malaria. Elle vomit tout ce qu'elle mange. Vous pouvez imaginer la nuit que j'ai passée avec une enfant malade sur les bras, durant ce maudit couvre-feu. Je voulais sortir malgré tout, mais Ninon m'a fait comprendre que ce n'était pas la peine de risquer de se faire tuer puisque tout le monde devait être aux casernes à ce moment-là. C'était vraiment la pire nuit de ma vie, Da. Je l'ai passée avec cent huit degrés de fièvre… Ce que je ne savais pas, Da, c'est que le docteur Cayemitte est la seule personne, à part les tueurs, à pouvoir circuler librement durant le couvre-feu.

—Ah bon, dit Da, ils ont permis cela.

—C'est un règlement de la Croix-Rouge, m'a expliqué Ninon, ils sont obligés de le respecter. Le docteur Cayemitte est passé cet après-midi, vers deux heures, et il lui a donné une piqûre qui a fait baisser la fièvre. Regardez, Da, j'ai acheté des médicaments à la pharmacie qui m'ont coûté cent vingt gourdes. Je n'exagère pas. Six petites bouteilles à vingt gourdes l'unité, c'est ce que j'ai payé. Une femme sans mari… Bon, Da, là je m'en vais.

—Prends courage, ma fille, ta petite guérira, grâce à Dieu.

—Merci, Da. Bonne soirée…

LA CONTAGION

—T'as pas l'air d'aller, Vieux Os, constate Da.

—Rien… Je n'ai rien.

—Va te laver la tête à l'eau froide, et tu verras que tu te sentiras mieux.

Je cours me mettre la tête sous le robinet. J'y reste assez longtemps pour sentir l'eau froide me rafraîchir le crâne. Je me sens mieux. Je fais quelques pas. Une douleur fulgurante, comme si quelqu'un m'avait enfoncé une longue aiguille dans le crâne, me fige sur place. Je suis obligé de m'asseoir par terre. Je sens monter en moi une légère nausée.

— Tu as la même maladie que Vava, dit Da derrière moi, j'aurais dû m'en douter.

Da me caresse les cheveux pour faire passer la douleur.

LA FIN DU TEMPS LIBRE

Fatal arrive quelques minutes avant le couvre-feu. Les gens continuent à vaquer tranquillement à leurs occupations. Ce n'est plus la foule hystérique de la veille.

— Vous voyez comment ils sont, Da. Ils s'habituent déjà au couvre-feu. Prêts à en faire un mode de vie. Il n'y a rien, Da, qui puisse faire sortir ce peuple de lui-même. Rien pour l'exciter réellement, le mettre en mouvement.

— Il y a une seule chose qui peut les faire bouger, Fatal.

— Quoi, Da ?

— La pluie, Fatal, la pluie.

Au même moment, presque sans avertissement, une grosse goutte de pluie me tombe dans l'œil gauche. Deux ou trois personnes debout au milieu de la rue, en train de regarder le ciel d'un air sceptique avant de hâter subitement le pas. En moins de temps qu'il faut pour compter jusqu'à dix, le ciel devient noir, et la rue, vide. Plus un chat.

Le clairon des casernes annonce finalement le couvre-feu.

DES VISITEURS

Des grappes de gens sur toutes les galeries, des deux côtés de la rue. Trois personnes, deux hommes et une femme, sont venues s'abriter sur la nôtre. Ce sont des paysans des Palmes qui ne semblent pas du tout au courant du couvre-feu. D'ailleurs, ils n'ont pas trop l'air de savoir ce que c'est.

— Comment va le café, cette année ? demande Da.

— Couci-couça, répond un des deux hommes. Depuis trois ans, ce n'est plus comme avant.

— Est-ce grave ? s'inquiète Da.

— Non, fait le même homme en souriant, c'est un problème qui revient chaque vingt ans.

— Connaissez-vous Jéroboam ? demande Da un peu pour faire marcher la conversation.

La femme ne dit pas un mot. Elle garde la tête baissée. De temps en temps, elle jette un regard furtif du côté des mornes.

— Jéroboam ! C'est un gros taureau, celui-là. Il n'a même pas encore commencé à vendre son café.

L'autre homme se tourne vers Da.

— Vous ne me reconnaissez pas, Da ?

— Non, dit Da qui semble prise au dépourvu pour une fois.

— C'est Nabu.

— Nabu ?... Nabu ?... Nabuchodonosor ! Seigneur ! Je ne t'aurais jamais reconnu. Tu me sembles si jeune ! Est-ce que je parle au fils de Jonas ?

— Oui, Da.

— Tu es devenu plus jeune qu'avant.

— Pourtant le temps passe, Da.

— Pas pour toi en tout cas.

La femme regarde les mornes avec un peu plus d'insistance, et même une certaine inquiétude.

— Je dois partir maintenant, dit Nabu. On a une longue route à faire.

— Vous ne pouvez pas sortir pendant le couvre-feu. Ils vous arrêteront s'ils vous trouvent dans la rue.

— Merci, Da, pour l'hospitalité, dit-il sans prêter la moindre attention à son conseil.

Le petit groupe grimpe tranquillement la pente qui mène à la Croix-Jubilée. De là, les deux hommes en avant et la femme à quelques pas derrière, ils bifurquent vers le morne Soldat pour prendre la longue route qui va aux Palmes. Ils arriveront à l'aube.

Voilà Rodriguez qui remonte la rue, ventre à terre sur son fringant cheval noir. Il s'arrête pile devant notre galerie.

— Il ne me jettera plus à terre, Da. Regardez-moi ce cou, Da. N'est-ce pas un magnifique cheval ?

— Tu as raison, dit Da sans grand enthousiasme.

— Qu'est-ce qu'il y a ? Vous ne semblez pas être dans votre assiette, Da.

— C'est qu'il vient de m'arriver quelque chose d'étrange… J'ai vu un homme qui m'a semblé plus jeune que quand je l'ai connu, il y a vingt ans.

— Cela arrive, Da.

— Quand je dis plus jeune, Rodriguez, je veux vraiment dire plus jeune.

— C'était qui ?

— Nabuchodonosor, je ne sais pas si tu le connais.

— Le fils de Jonas, bien sûr que je le connais ! Le problème, Da, c'est qu'il est mort depuis vingt ans.

— C'est ce que je me disais, dit simplement Da.

— Alors, je ne sais pas qui vous avez rencontré, Da.

— Un esprit.

— C'est assez courant dans la région, Da... Ce cheval peut les flairer à une grande distance. L'autre jour, je m'en allais à Boucan-Bélier, et arrivé au morne Soldat, j'ai rencontré une bande de paysans. Ils descendaient vers la ville en courant. Ils criaient et hurlaient des chants rara. Ils avaient l'air vraiment heureux, et ils dansaient au milieu du chemin. On aurait vraiment dit des êtres humains, mais mon cheval les avait flairés depuis un certain temps. On peut nous mentir, à nous les humains, mais il est difficile de tromper un animal, Da. C'est pourquoi j'ai une meilleure relation avec les animaux qu'avec les humains. Je dois voir quelqu'un avant la nuit, près du cimetière.

— Fais attention, Rodriguez, il y a couvre-feu.

— Personne ne pourrait me rattraper sur ce cheval, Da.

— Ne les provoque pas trop, mon fils.

Rodriguez avait déjà lancé son cheval à fond de train en direction du cimetière.

LES NOMS

— Da, dis-je, ils ont uniquement des noms bibliques.

— Qui ça ? demande Da, feignant de ne pas comprendre.

— Jéroboam, Jonas, Nabuchodonosor.

— Ah, c'est vrai. Cela me rappelle cette histoire de ton grand-père.

Da ne dit jamais « mon mari ». Elle dit toujours « ton

grand-père » quand elle me parle.

— Ton grand-père était officier d'état civil, c'est-à-dire qu'il tenait les registres des actes de naissance et de décès des habitants de Petit-Goâve et de onze sections rurales environnantes. Le gouvernement avait interdit aux gens de donner à leurs enfants toutes sortes de noms à coucher dehors. La plupart du temps, des noms qu'ils ont créés eux-mêmes à partir des événements de la vie quotidienne. Par exemple : si l'enfant est né au bord du chemin, on l'appellera Chimin. Si la famille attendait un garçon, cette fois, et qu'il est arrivé une autre fille, ce sera Asséfi. Ou si c'est le contraire : Acélhomme. Le gouvernement avait envoyé un mémorandum à tous les officiers d'état civil du pays pour leur demander de mettre un terme à ce genre de procédé. Alors, un homme est arrivé, un matin, pour faire inscrire son nouveau-né dans les registres d'État.

« Comment vas-tu appeler ton fils ? lui demande ton grand-père.

— Christophe, lui répond le paysan.

— Bravo ! dit ton grand-père. Ça, c'est un nom chrétien. »

L'homme s'en va, content, et revient l'année suivante avec un deuxième enfant.

« Et celui-là ? lui demande ton grand-père.

— Colomb.

— Magnifique ! dit ton grand-père. »

L'année d'après, il refait surface.

« Et lui ? demande ton grand-père.

— Débarqua.

— Comment ?

— Débarqua.

— Où as-tu trouvé un tel nom ?

— Dans le même livre…

—Montre-moi ça, lui dit ton grand-père. »

Et l'homme sortit de son havresac un petit manuel d'histoire d'Haïti. Et c'était vrai. La première phrase du chapitre sur la découverte d'Haïti : « Christophe Colomb débarqua en Haïti le 6 décembre 1492. »

Da rit longuement (un rire d'enfant), comme elle fait chaque fois qu'elle raconte une histoire de mon grand-père. Je ris aussi même si je n'ai pas trouvé l'histoire aussi drôle.

LA FÊTE

Rodriguez est descendu de son cheval, l'a attaché à un poteau de la galerie, et pour une rare fois, a accepté le café de Da.

—Qu'est-ce que tu as, Rodriguez ? lui demande Da.

—Da, je reviens de Boucan-Bélier, et il m'est arrivé une histoire étrange.

—Quoi ?

—La nuit dernière, Da, je suis allé à une fête à quelques kilomètres de Boucan-Bélier. Il était tard, près de minuit. Je voyage de jour comme de nuit. Vous savez, Da, que le paysage que l'on voit de jour est totalement différent de celui de la nuit. Il y a un chemin, la nuit, et un autre, le jour. Et ce n'est pas pareil. Oui, Da, un arbre qu'on a l'habitude de croiser sur sa route, le jour, peut devenir tout autre, la nuit. Il peut être joyeux, le jour, et menaçant, la nuit. Da, on peut se perdre, la nuit, sur une route que l'on connaît bien, le jour. Et c'est ce qui m'est arrivé. Je suis arrivé à ce carrefour, le fameux carrefour La-Croix. Et je devais prendre un chemin pour aller chez Hannibal. Je ne parvenais pas à me rappeler s'il fallait tourner à droite ou à gauche.

Finalement, j'ai pris le chemin sur la droite. Et juste à quelques pas de là, c'était la fête. On m'a chaleureusement accueilli. Je ne connaissais personne, mais on m'a fait savoir qu'Hannibal était allé chercher quelques cabris à Boucan-Bélier, et qu'il n'allait pas tarder. En attendant, je pouvais faire comme chez moi. Da, vous connaissez l'hospitalité des gens de la région…

— Je viens de là, Rodriguez.

— Il y avait à boire et à manger tant qu'on voulait. Hannibal est un riche paysan. Je n'étais pas étonné d'une telle bombance. Je me suis promené, un moment, dans la grande cour où se passait la fête. C'était beaucoup plus grand que ce parc communal. Et là, j'ai remarqué des femmes magnifiques. Elles me souriaient. Da, j'ai toujours peur des histoires avec des femmes rencontrées à une fête. Les paysans sont peut-être polis, mais ils n'hésiteront pas à utiliser leur machette dans certains cas… Finalement, une splendide femme s'est approchée de moi, m'a demandé ce que je voulais boire et manger. Elle s'est occupée de moi tout le temps. Vers la fin, elle m'a demandé de l'accompagner chez elle. Elle n'habitait pas trop loin, au bout de la route. J'ai laissé mon cheval là où il était, et je l'ai suivie. Da, la plus belle nuit de ma vie. Un enchantement. Elle s'est coiffée devant moi. Ses cheveux descendaient jusqu'à terre. Le bonheur, Da. Le lendemain, je me suis réveillé sur une tombe, avec une dizaine de tombes autour de moi. Le plus étrange, Da, c'est qu'à aucun moment je n'ai ressenti une gêne ou quoi que ce soit qui m'aurait averti que j'étais dans un autre monde. Son corps était chaud, doux et sensuel, et même quand on faisait l'amour…

— Rodriguez !

— Excusez-moi, Da, je ne savais pas que votre petit-fils était là. Le jour, je pouvais bien voir mon erreur. J'avais pris le mauvais chemin. Je suis allé quand même à l'autre fête, celle d'Hannibal. J'ai raconté toute l'histoire à Hannibal. Il a ri, et m'a dit après que cela arrive chaque fois qu'il donne une fête. Il m'a expliqué que je ne m'étais pas trompé de chemin, ce sont eux qui m'avaient induit en erreur… N'est-ce pas étonnant, Da ?

— Je savais, dit calmement Da, que c'était une histoire de ce genre. Je connais bien ce petit cimetière, puisque toute ma famille y est enterrée. Cette femme que tu as rencontrée, c'est sûrement ma cousine Léda. C'était, en effet, une très belle femme.

Tout de suite après avoir bu son café, Rodriguez a lancé son cheval, en pleine ville, dans un galop d'enfer.

— Un jour, dit Da, il se tuera ou il tuera quelqu'un. C'est vraiment le genre d'homme de Léda.

LA NUIT DE DA

Nous sommes dans la chambre, après la prière du soir. Je suis couché dans mon petit lit, sous la penderie. Da, dans le grand lit qu'elle partageait autrefois avec ses filles.

— Raconte-moi, Da, une histoire étrange qui t'est arrivée.

— Pourquoi me demandes-tu ça ?

— J'ai beaucoup aimé celle de Rodriguez.

— Bon, laisse-moi réfléchir.

J'ai passé un bon bout de temps à regarder le plafond.

— À cette époque, j'accompagnais mon grand-père partout où il allait. Nous étions toujours ensemble.

Mon grand-père était un homme très grand et brave jusqu'à la témérité. Il n'avait peur de rien, ni de personne. Perceval Brice, son grand-père à lui, avait fait la guerre de l'indépendance sous les ordres du colonel Maurepas. Quand mon grand-père était très jeune, il s'était battu avec une escouade de soldats afin de défendre la propriété familiale. Ces soldats avaient accompagné l'arpenteur Lhérisson qui prétendait que ma famille devait permettre à l'État de faire passer, sans aucun dédommagement de quelque nature que ce soit, une route publique sur nos terres. Mon grand-père est entré, semble-t-il, dans une terrible colère, et a chassé l'arpenteur et les soldats de nos terres à coups de machette. On ne les a jamais revus depuis… J'accompagnais mon grand-père partout où il allait. Une fois, la nuit nous a surpris sur la route qui mène aux Palmes. C'était une nuit de pleine lune. C'est cette nuit-là, je me souviens, qu'il m'a montré, pour la première fois, le marchand de bois et son âne qu'on peut voir sur la lune. C'était vraiment une belle nuit. Je priais le ciel pour que cette nuit n'ait jamais de fin. Mon grand-père avait l'air soucieux, surtout quand nous sommes arrivés à la clairière. Soudain, sans qu'on ait entendu auparavant le moindre bruit, nous nous sommes trouvés devant une bande composée uniquement d'hommes nus dont le corps était recouvert de cendre. Le chef du groupe s'est avancé vers mon grand-père et il a dit :

« Perceval (mon grand-père porte le nom de son aïeul), que fais-tu à la clairière, à cette heure ? Ce n'est pas ton heure.

— Je rentre chez moi, dit calmement mon grand-père. À ce que je sache, ce chemin est à l'État, donc à tout le monde. »

Autour de nous, les visages se faisaient de plus en plus menaçants.

« Pars, Perceval, dit le chef, mais nous gardons l'enfant.

— L'enfant est à moi. Il partira avec moi. »

C'est étrange à dire, mais je n'ai pas eu peur une seule fois durant cette terrible nuit.

« C'est ta décision, Perceval ?

— Oui, dit froidement mon grand-père, c'est ma décision. »

Nous étions à ce moment au milieu du groupe. Ils ont commencé à fredonner quelque chose de bizarre. Il n'y avait aucun mot dans le chant, seulement des onomatopées. Ils faisaient aussi des bruits de toutes sortes d'animaux. Celui du cochon était le plus effrayant. Au milieu de tout ce vacarme, mon grand-père restait calme. Il ne disait pas un mot. Finalement, après avoir mis assez longtemps, le chef est revenu près de mon grand-père.

« Perceval, tu peux partir.

— Pourquoi ? demande mon grand-père sur un ton candide. »

Le chef entra alors dans une terrible colère.

« Parce que tu pues, Perceval. Ton sang est amer. Tu es déjà pourri à l'intérieur.

— Et ma petite-fille ?

— Allez-vous-en ! Nous ne voulons pas de vous. »

La voix du chef devenait de plus en plus aiguë. Une voix de castrat. Je me suis enroulée autour de la jambe de mon grand-père. Il me tenait par la tresse du milieu.

« Je ne bougerai pas d'ici, dit mon grand-père sur un ton très ferme. Vous vouliez ma petite-fille ? Prenez-la… Elle est à vous. Je vous en fais cadeau. »

Après un long moment de conciliabule avec les

membres de la bande Zobop, le chef changea radicalement de ton pour s'adresser à mon grand-père.

« Mon compère, dit-il, nous ne voulions pas de mal à la petite. Juste la baptiser pour que personne ne puisse la toucher. Vous ne me reconnaissez pas ? Vous ne reconnaissez pas votre compère ? »

Mon grand-père ne répondit pas. Il savait très bien qui était sous le déguisement (Dufresne, mon propre parrain), mais il faut toujours faire semblant de ne pas reconnaître quelqu'un qu'on rencontre durant la nuit. Surtout s'il insiste pour être reconnu.

« C'est Dufresne ! hurla-t-il. Laisse-moi partir, Perceval, tu ne vois pas qu'il va faire jour d'un instant à l'autre. »

Mon grand-père ne disait rien. Les gens autour de nous commençaient à s'agiter. Ils imitaient des cris de chouette, tout en tournant autour de nous comme des oiseaux blessés.

« Perceval, c'est moi Dorléus, dit un autre, tu ne vas pas me laisser là… Je suis ton cousin germain.

— Perceval, c'est Bonaparte, ne laisse pas l'aube nous surprendre au milieu de la clairière.

— C'est Philistin, Perceval, tu m'as emprunté du tabac à la veillée de Chrisostome. »

Tous nos voisins, parents et compères étaient présents.

« Et vous vouliez ma petite-fille, siffle mon grand-père entre ses dents.

Perceval, dit mon parrain Dufresne, on a pris de graves engagements pour l'année, et le mois de décembre s'achève…

— Pourquoi elle ? Une innocente petite fille.

— Laissez-nous partir, Perceval. »

Mon grand-père traça un signe par terre, et la bande

se désintégra. Je ne pourrais pas dire s'ils sont partis vers le nord, le sud, l'est ou l'ouest… Ils ont tout simplement disparu. Mon grand-père est tombé gravement malade quelque temps plus tard. Il m'a fait venir près du lit où il agonisait. Il a fait signe aux personnes qui l'entouraient de sortir de la chambre.

— Et qu'est-ce qui s'est passé après ? je demande avidement.

— Je n'ai pas le droit de dire à personne ce qui s'est passé dans cette chambre. C'est un secret que je ne passerai que sur mon lit de mort.

L'aube est déjà là. On a passé toute la nuit à parler, Da et moi. Quelqu'un cogne de toutes ses forces contre la porte qui donne sur la cour.

— C'est qui ? demande Da sans bouger de son lit.

— Fatal.

— Que veux-tu, Fatal ?

— J'ai des nouvelles fraîches, Da.

Un silence.

— Je ne me sens pas bien, aujourd'hui, dit Da d'une voix mourante qui m'a fait pouffer de rire.

Nouveau silence.

— Je repasserai, Da. Prends bien soin de toi…

— Merci, Fatal. Passe un peu plus tard.

À peine Fatal parti, Da et moi, nous nous sommes mis à rire sans pouvoir nous arrêter. Un vrai fou rire. À présent, je me sens totalement épuisé. Da m'a fait signe de venir la rejoindre dans son grand lit. Je me suis blotti contre son corps mou et chaud. J'aime beaucoup l'odeur de Da. Le sommeil est arrivé instantanément.

TROISIÈME PARTIE

Le départ

LA VISITE DU COMMISSAIRE

Le commissaire du gouvernement arrive au moment même où Fatal se lève pour partir.

—Bonjour, Da, dit le commissaire sur un ton faussement enjoué.

—Faites-moi le plaisir, commissaire, d'accepter une tasse de café.

Le commissaire sourit jusqu'aux oreilles.

—Avec plaisir, Da, mais je ne fais que passer.

Fatal s'est tout de suite rassis à l'arrivée du commissaire. Il a flairé que celui-ci avait quelque chose à dire à Da. Quelque chose qui a sûrement un rapport avec les derniers événements. Visiblement, le commissaire n'est pas décidé à parler en présence de Fatal.

—Fatal, dit Da en le poussant à partir, si tu passes près du lycée, n'oublie pas de demander à Nèg-Feuilles de venir me voir durant la journée.

—Oui, Da. Je prendrais bien une dernière tasse de café pour faire la route.

Je suis assis sur une des grosses racines du manguier, près de la tonnelle, à côté d'une colonie de fourmis rouges que je surveille d'un œil, tout en étant attiré par la puissante nuque du commissaire. Le commissaire n'a pas desserré les lèvres depuis un moment. Tête baissée, il semble concentré sur chaque gorgée de café qu'il avale. Le col de la chemise blanche a complètement disparu dans les replis de son cou. Il s'étire le cou de telle manière, en penchant la tête de côté, qu'on a l'impression qu'il est au bord de l'étouffement. Le commissaire soulève de temps en temps son chapeau pour dégager un front en sueur. Et avec un petit mouchoir délicatement brodé, il s'éponge du même mouvement le visage.

— Va vite, Fatal, si tu veux trouver Nèg-Feuilles chez lui, insiste Da. À l'heure qu'il est, tu as peut-être une chance de l'attraper en train de seller son cheval.

Fatal s'en va à contrecœur. Le commissaire attend patiemment qu'il passe la barrière pour entreprendre la conversation.

— Da, j'ai quelque chose de très important à vous dire.

— Une autre tasse alors ?

— Merci… Da, je dois vous dire que je désapprouve catégoriquement ce qui s'est passé.

— Vous parlez au passé, commissaire, quand les gens sont encore en prison.

— Non, Da, ils viennent de quitter les casernes. Grâce à Dieu, il n'y a pas eu de mort.

— C'est Notre-Dame qui nous a protégés, ajoute Da. Ils ont laissé un mort sur ma galerie, l'autre nuit…

— Je le redis, Da, je désapprouve totalement ce comportement barbare.

— Et ça vient de qui ?

Le commissaire prend le temps de respirer calmement. Un ciel sans une trace de nuage.

— Il y a une rivalité, Da, entre le préfet et le capitaine.

— C'est rien de nouveau, commissaire. Deux coqs dans la même basse-cour.

Le visage du commissaire s'assombrit. Un pli s'ajoute promptement à son front.

—C'est le président qui jette de l'huile sur le feu, Da.

Un long silence. Le commissaire lève les yeux vers le ciel. Da regarde par terre.

—Comment cela se fait-il ? demande Da en plissant les yeux.

—Il paraît qu'il y a eu un débarquement de guérilleros dans l'extrême pointe sud du pays.

—Nous sommes dans le département de l'Ouest, commissaire.

—Je le sais, Da, mais parmi les rebelles, il y en a un qui vient de Petit-Goâve.

Da sourit.

—Je le savais, dit Da avec une émotion presque chauvine, dès qu'il se passe quelque chose, n'importe où dans le pays, soyez-en sûr qu'il y aura quelqu'un de Petit-Goâve dans l'affaire. Petit-Goâve a toujours été à l'avant-garde... Vous allez voir, commissaire, quand les Américains débarqueront sur la Lune, ils trouveront sûrement un Petit-Goâvien déjà installé là-haut.

—Ne me faites pas rire, Da, dit le commissaire avec ce léger sourire au coin des lèvres. Oui, il y a peut-être quelqu'un de Petit-Goâve dans le groupe des rebelles.

—Ce n'est pas sûr, commissaire ?

—Non, Da. C'est un paysan qui a rapporté les informations sur l'effectif et l'identité des rebelles. Il paraît qu'ils ont accosté dans une petite baie, pas loin de Dame-Marie, cette petite ville de l'extrême pointe sud du pays.

—Je connaissais un homme qui venait de Dame-Marie, dit Da, il paraît qu'il y a de bonnes terres, là-bas... Une terre noire et grasse d'après ce qu'on m'a dit.

—Oui, Da, dit le commissaire sans perdre le fil de

son discours, mais ce n'est pas une raison pour emprisonner tous les intellectuels de la ville.

— À qui le dites-vous, commissaire ?

— Moi, je ne suis pas d'ici, je suis de Grand-Goâve, tout juste de l'autre côté du morne Tapion. Ça, tout le monde le sait. Petit-Goâve et Grand-Goâve sont des sœurs jumelles. Le capitaine dit qu'il est de Port-au-Prince, mais en réalité, c'est un natif de Croix-des-Bouquets, un gros bourg pas loin de la capitale. Le préfet, lui, est d'ici.

— Je le sais bien, dit Da. Il est né à trois rues d'ici, en face de la loge maçonnique.

— Da, je n'arrive pas à comprendre comment on peut faire jeter ainsi en prison des gens de votre race, de votre ville natale, des gens avec qui on a été à l'école... Laissez Port-au-Prince se démerder avec ses problèmes, des problèmes dont il est grandement responsable d'ailleurs. Les gens crèvent de faim, Da. Je connais des employés de l'État qui n'ont pas vu la couleur de leur chèque mensuel, une pitance, depuis plus de six mois. Le président avait promis une réforme agraire qui n'est pas près d'être faite. L'hôpital de Petit-Goâve n'a pas de médicaments, à peine un médecin. Le docteur Cayemitte ne peut pas s'occuper de Petit-Goâve et des onze sections rurales environnantes. Pas de soins médicaux. Pas de nourriture. Pas d'éducation. Les gens en parlent. Le peuple grogne. Da, je fais en quelque sorte partie du gouvernement, mais je peux vous dire que l'affaire est grave. Da, ça ne va pas du tout... Et cette bavure. De quoi nous mêlons-nous ? Pourquoi ce zèle ? Et je vais vous dire quelque chose de plus grave, Da...

Le commissaire me jette un coup d'œil.

— Va jouer, Vieux Os, me lance Da avec un clin d'œil complice.

Je vais m'asseoir à côté de la petite mare. Les canetons nagent sans cesse d'une rive à l'autre. Je les regarde aller. Le canard est fait pour barboter dans l'eau. Ils regardent droit devant eux. Les yeux toujours écarquillés. Le cou raide. Et les grosses fesses pareilles à celles de Prudence. Tous les canards devraient s'appeler Prudence.

Le commissaire continue à parler à voix très basse. Et Da à écouter en secouant la tête sans arrêt. De temps en temps, elle ouvre la bouche sans qu'on entende un son. Je les surveille du coin de l'œil. Maintenant, ils sont tellement pris dans leur conversation qu'ils ne font plus attention à moi, mais même si je m'avance tout près du feu, il n'y a aucune chance pour que je parvienne à capter un traître mot. Ça m'énerve. Je n'aime pas qu'on me mette à l'écart. J'aime savoir ce qui se passe autour de moi. C'est Da qui me l'a enseigné. Et en plus, cela semble grave. Quand est-ce qu'ils vont arrêter de chuchoter ? Je ne peux plus le supporter. Il est grand temps que le commissaire parte pour que j'aille aux renseignements. Da ne me cache rien. Elle sait que je suis pire qu'une tombe. Je ne parle jamais à personne de ce qu'elle me raconte. Bon, voilà le commissaire qui rapproche sa chaise de la dodine de Da. Le visage de Da devient subitement grave. Elle ne parle plus. Elle écoute attentivement. Un caneton vient tout juste de dénicher un long ver de terre comme s'il s'agissait d'une interminable branche de spaghetti. Marquis somnole près du feu. De temps en temps, une étincelle décrit un arc dans l'air chaud pour finir par se frayer un passage à travers son pelage jusqu'à la peau. Alors il fait un saut qui peut atteindre jusqu'à trente centimètres, selon l'intensité de l'étincelle. Je suis vraiment occupé, ce matin, avec les canards, Marquis qui tente le diable (un incendie peut à tout moment éclater dans son pelage) tandis que le commissaire n'arrête pas de chuchoter des secrets d'État à Da. Ah, le voilà qui se lève. Il triture son chapeau. Da lui parle. On dirait qu'il va se rasseoir. Non, il salue Da.

En passant près de moi, le commissaire me fait un discret signe de la main. Il a un gros furoncle sur la nuque, juste au-dessus du col de la chemise. Le commissaire se dirige d'un pas calme vers la barrière tout en faisant sautiller son chapeau dans son dos.

C'EST GRAVE !

Da a son visage des mauvais jours. Elle regarde attentivement la cendre que le vent emporte.

— Qu'est-ce qu'il t'a dit, Da ?

— Ce sont des choses qui me regardent. C'est pas pour les enfants. D'ailleurs, tu es bien impertinent de me parler ainsi, quand justement, on t'a demandé d'aller jouer ailleurs.

— Da, mais…

— Il n'y a pas de mais. Disparais de ma vue !

— Et si, Da…

Elle fait semblant de ramasser une pierre pour me la lancer. Sa main tombe sur un rat mort que Marquis a ramené, ce matin, du parc communal. Da a vite fait de tourner sa colère contre Marquis en lui lançant tout ce qui lui tombe sous la main. Marquis se relève tranquillement (il se réchauffait près du feu) pour se diriger vers le parc communal. En passant près de la mare, il fait mine d'attraper un caneton. La colérique cane a failli l'éborgner. Sacré Marquis !

Je vais m'asseoir sur une grosse pierre au milieu de la cour. Sous le soleil de midi. Je regarde au loin. Du côté de Boucan-Bélier. Je sens toutefois le regard de Da posé avec affection sur ma nuque. Une goutte de sueur danse sur ma paupière gauche. Une autre glisse le long de ma joue. Je compte rester sous ce brûlant soleil jusqu'à ce que j'attrape une fièvre de cheval. Da continue à boire son café. Qui va céder le premier ? Elle ou moi ?

Elle me lance son gobelet en aluminium à la tête.

— Va me chercher un peu d'eau, Vieux Os.

Je me lève en m'étirant les membres, imitant Marquis, pour partir vers le petit bassin d'eau qui se trouve près de l'ancien garage que mon grand-père avait fait construire pour abriter le tracteur qu'on n'a jamais eu. Je lui ramène l'eau. Elle en boit un peu, jette le reste avant de me tendre le gobelet vide.

— Apporte-moi de la farine que tu trouveras dans le garde-manger. Je vais faire des marinades aujourd'hui.

C'est ma friture favorite. Da le sait. Je ne dis toujours pas un mot.

— Je ne peux pas supporter quand tu fais cette tête… Assieds-toi là, j'ai à te parler…

Je savais qu'elle craquerait la première.

LA NOUVELLE

— Bon, dit Da, tu vas partir.

Un moment de silence.

— Tu vas rentrer à Port-au-Prince.

Un plus long silence.

— Pourquoi Da ? Et l'école ?

— C'est de ça que je vais te parler…

Je sens la terre trembler sous mes pieds. Si je rentre à Port-au-Prince, je ne verrai plus jamais Vava.

— Le commissaire m'a dit qu'il se passe des choses très graves dans le pays.

— Da, je ne veux pas bouger d'ici. Je resterai tout le temps à la maison s'il le faut.

Da sourit tristement.

— Je ne veux pas te quitter, Da.

— Je le sais, Vieux Os, mais je ne voudrais pas qu'il t'arrive quelque chose ici. C'est ta mère qui doit prendre une telle décision.

— Ma mère ne voudra jamais que je perde une année d'école, Da.

Da prend un temps pour respirer. Une feuille tournoie dans l'air avant de tomber lentement sur sa tête. Elle s'accroche à ses cheveux. Da l'enlève, d'un geste gracieux, pour la glisser dans sa poche.

— Le commissaire m'a dit qu'à partir de lundi prochain, il n'y aura plus de classe.

— Je resterai sur la galerie, et je ne bougerai pas de là. Je n'irai même pas jouer au parc communal.

Da me regarde sans rien dire

— Da, je resterai ici, et je me ferai aussi petit qu'une fourmi.

— Non, Vieux Os, dit Da presque froidement, tu ne pourras pas rester à Petit-Goâve.

— Pourquoi ? hurlé-je.

— Le temps est venu aussi pour toi d'aller continuer tes études à Port-au-Prince.

— Je ne veux pas faire mes études à Port-au-Prince. Je ne bougerai pas d'ici… Je ne veux pas aller là-bas ! Un point et c'est tout.

Da regarde vers le ciel comme si elle voyait venir un

terrible orage. Je jette un bref coup d'œil pour voir un ciel d'un bleu parfait.

— J'espère, finit-elle par dire d'une voix blême, que tu ne vas pas te conduire comme ça, à Port-au-Prince. Ta mère pourrait croire que je t'ai mal élevé.

— Tu n'as qu'à dire à ma mère que tu ne veux pas m'envoyer à Port-au-Prince. Après tout, c'est toi sa mère…

Da rit franchement.

— Je suis sa mère quand il s'agit d'elle, mais quand il s'agit de toi, c'est uniquement elle la responsable.

— C'est faux ! C'est faux ! Tu dis ça parce que tu es contente de me voir partir.

Je file vers le parc.

— Vieux Os, reviens ! Je te parle, Vieux Os… Reviens ici tout de suite !

Je ne veux plus jamais la revoir.

LA GIFLE

Dès que j'ai vu Fatal longer le mur de la maison de Thérèse, je suis allé me cacher derrière le manguier.

— Da, dit Fatal en arrivant, le commissaire est parti. Que voulait-il ?

Da ne répond pas.

— Pas besoin de faire cette tête, Da, je sais ce qu'il était venu faire.

Da garde toujours les mâchoires serrées.

— J'ai des nouvelles pour vous, Da. Vous n'avez pas entendu ce hurlement tout à l'heure ?

— De quoi parles-tu, Fatal ? Je n'ai pas la tête à tes devinettes aujourd'hui.

— Il y a à peine cinq minutes, Da. Les gens sont

toujours étonnés de voir deux taureaux se faire face.

— Sois plus clair, Fatal, sinon continue ton chemin.

— Da, ne le prenez pas ainsi... Je suis venu simplement vous dire que je suis au courant du motif de la visite du commissaire. Il paraît qu'il est allé partout, ce matin, raconter que c'est la faute du capitaine et du préfet si nous venons de vivre des moments aussi difficiles. Surtout du préfet... Qu'en pensez-vous, Da ?

Da fait semblant de regarder ailleurs.

— D'accord, vous ne voulez pas vous mêler de ça. Je peux comprendre. Eh bien, tout à l'heure, le préfet a rencontré le commissaire du gouvernement qui sortait de la maison du docteur Rigaud...

— Et alors ?

— Et alors, Da, dit Fatal tout en essayant de mimer la scène, le préfet s'est avancé calmement vers le commissaire du gouvernement, et l'a giflé.

— Dans la rue ?

— Devant tout le monde.

— Et le commissaire ?

— Il n'a pas bougé pendant un moment. Les gens sont restés figés, eux aussi. La vie s'est arrêtée quelques secondes. Puis le commissaire a sorti un mouchoir blanc de la poche de sa veste pour s'essuyer le visage.

— Bon Dieu !

— À partir de cet instant, Da, c'était la folie furieuse. Les gens ont commencé à hurler. Ils arrivaient de partout. Le docteur Rigaud est même apparu à son balcon.

— Et Montal ?

— Le préfet ? Il a continué son chemin tout bonnement. Il s'est dirigé tranquillement du côté du Calvaire.

—Tout le monde est devenu fou ! Mais qu'est-ce qui se passe dans cette ville ? demande Da en levant les bras au ciel.

LES BLANCS DÉBARQUENT

On entend le clairon du caporal. La même foule se retrouve devant l'École nationale des garçons. La voix éclatante de Djo, suivie des commentaires d'usage.

—La voix de Djo n'a aucune commune mesure avec Djo, lance cette grosse femme de la rue Dessalines.

—Chaque fois que j'entends cette voix, je frémis. J'ai l'impression qu'elle appartient à un homme. Tu vois ce que je veux dire...

—Tu veux dire un homme, Chobotte, pas ce freluquet.

Déjà, la pomme d'Adam de Djo monte et descend. Djo, tout en lisant le communiqué (Liberté, Égalité, Fraternité, République d'Haïti, etc.), jette de vifs coups d'œil dans toutes les directions.

Le communiqué annonce qu'un groupe de médecins et d'infirmières américains de foi méthodiste séjourne ici, à Petit-Goâve, depuis deux jours. Ils entendent vacciner tous les enfants de la ville. Les séances de vaccination débuteront cet après-midi, et dureront toute la fin de semaine. C'est un devoir civique, termine le communiqué, que d'envoyer vos enfants se faire vacciner. Signé : Capitaine Max Célestin, commandant du district de Petit-Goâve.

—Djo, demande d'une voix toute faible une dame décemment habillée, où est-ce que ça va se faire ?

—Quoi ? demande Djo.

—De quoi avez-vous peur ? éclate Chobotte. Parlez

pour qu'on vous entende. On doit parler fort quand on n'a rien à cacher. Ouvrez grand la bouche, madame !

Pendant que Chobotte hurlait ces derniers mots, la dame s'est éclipsée subrepticement.

— Chobotte, dit Fatal, tout le monde n'est pas comme toi. Sœur Altagrâce est une personne discrète.

— Comment ça : tout le monde n'est pas comme moi, Fatal ! Explique-moi ça ! Qu'est-ce que je suis, d'après toi ? Une putain… Oui, et alors ! Quand vous avez besoin de moi, vous les hommes de cette ville, vous venez gratter à ma porte. On dirait des chats. C'est à peine s'ils ne miaulent pas. (La foule rit.) Oui, c'est vrai. Ils sont là : « Ouvrez, Chobotte, ne me laissez pas comme ça… » Seigneur, on dirait un besoin urgent. (La foule rit à nouveau.) Quand je dis, madame, tous les hommes de cette ville, je veux vraiment dire tous les hommes de cette ville. Ils sont tous venus me voir au moins une fois.

— Même le père Cassagnol ? demande une voix anxieuse.

Chobotte sourit.

— Sauf le père Cassagnol, dit Chobotte. Il est le seul homme de cette ville qui n'est jamais venu frapper à ma porte. À part lui, tous les autres. À commencer par ceux qui sont ici. Mais dès qu'on les rencontre dans la rue, ils font semblant de ne pas vous reconnaître. Ils se mettent à jouer au monsieur avec Chobotte. Moi, Chobotte… si je voulais, je pourrais citer des noms qui vous étonneraient.

Plus un chat dans la rue.

Un cheval noir encore sellé, attaché au manguier de la cour. Il me regarde de côté. Très peu de crinière sur ce long col. De temps en temps son corps tressaille, et il retrousse ses lèvres pour montrer de solides dents jaunes. Je garde une certaine distance. C'est toujours dangereux de se tenir trop près d'un cheval. Le voilà qui donne de petits coups sur le sol, comme s'il voulait ajuster son sabot. Les immenses yeux noirs, si tristes, me rappellent Vava. J'entre dans la maison sur la pointe des pieds. J'entends tout de suite la voix basse et chaude de Nèg-Feuilles.

—J'avais prévenu le notaire, Da. Je le lui avais dit. Il ne m'a pas écouté. Il n'écoute personne. Depuis que je le connais, on a été à l'école ensemble, il n'en fait qu'à sa tête… Une vraie tête de mule.

—L'a-t-on frappé ?

—Non, Da, ils n'ont frappé que Loulou David et Archibald. Ils n'ont pas frappé Loné, grâce à Dieu, mais maintenant, il est assigné à résidence. Il ne peut plus franchir le seuil de sa porte.

—Y en a-t-il d'autres dans son cas ?

—Non, Da. Seulement lui. Ils ont peur de lui, Da. D'abord parce que c'est un homme instruit… Ah, il sait beaucoup de choses. Des fois, je me demande même si tout ce savoir ne lui a pas fêlé la tête.

Il rit.

UN COUTEAU DANS LE CŒUR

Finalement, j'emporte l'assiette de marinades avec moi pour aller m'asseoir près de la jarre d'eau fraîche. J'aime m'allonger sur le ciment froid, surtout quand il fait dehors une chaleur aussi épouvantable. J'entends Da parler tout bas à Nèg-Feuilles.

— Que va-t-on devenir, mon fils ? Me voilà obligée de faire partir mon petit-fils. Une ville autrefois si calme... Il paraît, Nèg-Feuilles, que ce qu'on vit actuellement n'est rien à côté de ce qui se prépare. J'ai vu de mes propres yeux des voyous menacer avec des armes meurtrières des gens respectables. C'est le monde renversé. Le sang va couler, j'en suis sûre. Je ne suis pas inquiète. J'ai déjà tout acheté et tout vendu. Je n'attends que la mort. Mais, Nèg-Feuilles, les enfants, dans quel monde auront-ils à vivre ? Ah, une si bonne ville... Les gens ont fait trop de mal, Dieu en est dégoûté.

— Dieu nous avait promis, Da, que nous ne serions pas détruits s'il y avait un seul juste dans cette ville.

— C'est vrai, Nèg-Feuilles. C'est peut-être notre dernier espoir. Mais où se cache ce juste qui nous sauvera, Nèg-Feuilles ? Honnêtement, je ne le vois pas.

— Ce juste, c'est vous, Da.

— Dis pas ça, mon fils, je suis une pécheresse comme les autres. Je ne vaux guère mieux que mes concitoyens... Qu'est-ce qui nous est arrivé ? Qu'a-t-on fait pour que Notre-Dame nous tourne le dos ainsi ?

— Les pères ont mangé des raisins verts, lance Nèg-Feuilles sur un ton pompeux, et les dents des fils en sont agacées.

— Amen, dit Da.

Un temps mort.

— Mais je ne leur pardonnerai jamais de m'enlever mon bâton de vieillesse... Que vais-je devenir quand Vieux Os ne sera plus là ?

La voix brisée de Da.

Le sommeil s'est emparé de moi, comme un voleur. Je rêve que j'habite une ville sous l'eau. Je parviens à respirer presque normalement. Malgré le fait que je sois entouré d'eau constamment, je circule sans effort dans les rues de la ville aquatique. Aucun changement avec Petit-Goâve, sauf que je dois respirer par la bouche, et qu'il m'arrive de croiser çà et là un poisson. Et aussi cette légère mais insistante sensation de nausée. Je continue ma promenade vers le bas de la ville. Près du marché, je rencontre Rico.

— Que fais-tu ici ? je lui demande.

— Rien. Comme toi, je suis mort.

— Ah, c'est comme ça...

— Oui, dit simplement Rico, on redevient poisson.

— Tu n'es pas un poisson ! je hurle. Tu es exactement comme avant.

Rico sourit.

— Pas encore, ça prendra des siècles pour que notre corps puisse produire des écailles.

— Tu mens, Rico.

— De toute façon, Vieux Os, si tu n'étais pas un poisson, tu ne pourrais vivre sous l'eau.

Et il s'en va.

LE FEU

Je vois passer Vava, au loin. Elle semble nager ou flotter. Je la suis jusqu'à l'église. Elle y pénètre par une porte dérobée. J'entre derrière elle. Je la vois grimper l'escalier en colimaçon qui mène aux cloches. La petite robe jaune apparaît et disparaît. Mon soleil. Il m'attire vers son centre. Cet escalier me semble interminable. On continue. J'ai l'impression de monter ces marches depuis des jours. Toujours derrière Vava. Soudain, c'est la fin du voyage. Le grand vide. Sans eau, ni air. Et Vava qui se retourne vers moi en souriant. Un curieux bruit sec. Subitement, Vava est en feu. Les flammes jaunes. Je hurle. Seul son visage continue à me sourire. J'embrasse les flammes.

L'EXPLICATION DU RÊVE

Un chiffon mouillé sur mon visage.

— Tu avais de la difficulté à respirer, Vieux Os.

— J'ai fait un rêve étrange, Da.

— Il ne faut plus que tu dormes la tête sous l'oreiller. Ça te fait faire des cauchemars. Tu as rêvé à quoi ?

— J'ai rêvé que la ville était sous l'eau, et que nous allions tous devenir des poissons…

— C'est pour cela que tu n'arrêtais pas de te retourner.

— Je nageais, Da.

Elle rit franchement.

— Quand on rêve de l'eau, c'est bien. On peut s'attendre à de bonnes choses, dit Da avec un paisible sourire. Si tu avais rêvé du feu…

— Qu'est-ce qui se passerait, Da ?

— Le feu, ça ne présage rien de bon, mais heureusement, tu as rêvé de l'eau.

— Et si on rêve des deux à la fois ?

— L'eau et le feu… C'est étrange. On dirait la vie et la mort en même temps.

Thérèse est arrivée, comme toujours, en trombe.

— Da, c'est pour demain.

— Quoi pour demain ?

— Mon mariage.

— Pas de bans ?

— Oh, dit Thérèse, on n'a pas le temps… De toute façon, le père Cassagnol est trop content de me voir me marier. Chadillon a déjà été son enfant de chœur. Il nous connaît depuis l'enfance.

— Et la robe ?

— C'est ce que je cours chercher chez Julie, Da.

— Qu'en pense Chadillon ?

— Il ne peut plus attendre, lance Thérèse dans un grand éclat de rire. Da, est-ce que je peux vous parler en privé ?

— Bien sûr, Thérèse. Va te coucher dans la chambre de ton grand-père, Vieux Os.

Je traverse la pièce, dans la pénombre, avec un drap blanc enroulé autour de mon corps.

Thérèse éclate d'un rire gras.

— Regarde-le… Il ne peut plus marcher nu devant moi. Dire que je lui donnais son bain, il n'y a pas si longtemps, Da.

Thérèse essaie de m'attraper.

— Montre-le-moi… Vieux Os, montre-le-moi une dernière fois. Je me marie demain… Je ne pourrai plus regarder un corps d'homme autre que celui de mon mari sans commettre le péché d'adultère, et cela jusqu'à la fin de mes jours.

Je réussis à lui échapper.

Rien n'a changé dans la chambre de mon grand-père. Son chapeau, sa canne encore accrochée au mur, près du lit, à côté de la photo d'un immense tracteur jaune dans un champ de blé. Il m'arrive de passer des heures devant cette photo. Un homme est au volant du tracteur. Ses deux fils (le plus jeune doit avoir à peu près mon âge) ne sont pas loin. On les voit jusqu'à la taille. Le reste du corps disparaît dans l'herbe haute. Je remarque qu'ils ne portent pas de chapeau. Mon grand-père n'aurait jamais toléré une pareille chose. À travailler tête nue dans le champ, on risque à coup sûr une insolation. Ils portent tous les trois la même chemise à carreaux dont les manches sont retroussées jusqu'au coude. L'homme et ses deux fils sont aussi blonds que des épis de maïs. Je les regarde longtemps, surtout le plus jeune, me demandant ce qui arriverait si, lui et moi, on changeait de place. Il viendrait vivre dans cette maison, à Petit-Goâve, et moi, j'irais à Chicago. Je me sens, chaque fois, tout drôle à dire ce nom qui me paraît aussi impressionnant que le plus grand des tracteurs : Chicago. Chicago. Chicago. Trois syllabes qui claquent au vent. Chicago. Je trouve ça bon dans ma bouche. Petit-Goâve sonne-t-il aussi bien ? Je ne peux pas le savoir. Je suis né ici. Je ne sais plus quand j'ai entendu ce nom (Chicago) pour la première fois. Lui, le petit garçon de Chicago, peut-être mourra-t-il sans jamais avoir entendu parler de Petit-Goâve. Je me sens tout triste d'y penser. Triste pour lui, pour moi, et pour Petit-Goâve. Tout le monde connaît Chicago à cause de ses tracteurs jaunes. Et Petit-Goâve, par quoi sera-t-il connu dans le monde, un jour ? Je remarque, pour la première fois, dans le coin gauche de la photo (en bas) cette inscription : Chicago, US, 1950. Même cette photo est plus vieille que moi. Ce genre de chose peut vous foutre un tel cafard.

UN CHAT NOIR

Je n'y tiens plus. Il me faut savoir ce qui se passe. Je vais au salon. Je me sers d'une chaise pour grimper sur la tête de l'armoire, et me retrouve au milieu d'une mer de chapeaux de toutes dimensions (c'est là que ma mère et mes tantes planquent leurs chapeaux quand elles sont à Port-au-Prince). C'est une position inconfortable, je l'admets, mais c'est ici le meilleur endroit pour espionner. De là, j'arrive facilement à voir et à entendre ce qui se passe n'importe où dans la maison.

Da et Thérèse sont encore à se parler à voix basse.

— C'est vrai, Da, je ne saurai comment faire...

— Quand tu ne te sens pas bien, ça veut dire que ce n'est pas bon.

— Oui, Da, mais Délia m'a bien dit que la douleur vient d'abord. Le plaisir après.

— Il est possible d'éviter cette douleur, remarque Da.

— Comment ça, Da ?

— S'il sait s'y prendre...

— Oh, Da, Chadillon ne peut pas savoir ça. Il a été trop longtemps enfant de chœur.

— Thérèse, dit Da avec un léger sourire, les hommes totalement innocents sont rares.

Un lourd silence.

— Da, on m'a dit qu'il faut faire semblant d'avoir du plaisir...

— Qui t'a dit ça ?

— Ninon.

— Ninon n'a jamais eu d'homme dans sa vie. Qu'en sait-elle ?

— Chadillon va penser que j'ai une infirmité, Da. Être encore vierge à mon âge.

— Comment ça se fait ? N'as-tu pas vécu cinq ans, Thérèse, avec Occélus ?

— Oui, Da, mais on a toujours été comme frère et sœur…

— Mais pourquoi, Thérèse ?

Thérèse prend une longue respiration avant de répondre. Elle passe sa main légèrement sur sa jupe, comme pour la lisser.

— Il avait un engagement ferme avec Erzulie Dantor, la déesse aux yeux rouges. Chaque fois qu'il me touchait, je hurlais. Ses mains me brûlaient. Laissez-moi vous montrer, Da, les traces de brûlures que j'ai sur le ventre. (Elle enlève promptement son corsage.)

— C'était réellement impossible, Da.

Da secoue lentement la tête

— Ma pauvre fille…

— Chadillon ne sait pas que je suis encore vierge. Je ne suis pas parvenue à lui dire la vérité…

— Connaissant les hommes haïtiens, ce sera une bonne surprise pour lui.

Thérèse a ce brusque mouvement de recul.

— N'en croyez rien, Da ! Quand un homme trouve une femme vierge à plus de quarante ans, il se méfie. Il croit que vous avez une infirmité quelconque. Il pense que vous lui cachez quelque chose. Il vous renifle comme un chien. Oui, Da, il arrive même qu'il cherche une odeur sur vous.

— Qu'est-ce que tu comptes faire alors ?

— Eh bien, Da, il ne me reste que cette nuit pour perdre ma virginité.

— Que dis-tu là, Thérèse ?

— Oui, Da, je suis sérieuse. Si je pouvais trouver un homme discret, honnête, et surtout capable… Il paraît que ce n'est pas aussi facile que ça.

— Je ne comprends pas, Thérèse.

— Da, je sens que si je ne le fais pas, Chadillon me le reprochera un jour… Pas maintenant, mais un jour, il me le reprochera. Il me fera savoir que s'il n'était pas venu à mon secours, je serais encore vierge, qu'à part lui, aucun homme ne voulait de moi, je le sais, Da.

— Comment peux-tu être aussi sûre, Thérèse ?

— C'est ce qui est arrivé à Julie, Da… Elle m'a dit qu'à plus de quarante ans, on garde sa virginité pour toujours, ou on la donne au premier venu, mais jamais à l'homme qu'on compte épouser. C'est elle qui a insisté, Da, pour que je m'en débarrasse. Elle m'a dit que j'aurai à le regretter pour le reste de ma vie si je ne le fais pas. Comme tu vois, Da, il ne me reste plus beaucoup de temps.

— Dans ce cas, tu n'as pas le choix, dit sombrement Da.

En me retournant pour me gratter la jambe (un peu ankylosée), je fais tomber une boîte de carton. Thérèse jette un vif coup d'œil dans ma direction. Je me cache derrière une montagne de boîtes.

Da la rassure.

— C'est sûrement le chat noir de Cornélia.

Da connaît très bien le coupable.

LE TÉNIA

Nous sommes dans la cour, sous la tonnelle.

— Tu ne dois rien manger avant d'aller là-bas.

— Da, il y a une longue queue. Dieuseul a attendu son tour jusqu'à dix heures du soir.

— Tout ce que je sais, dit Da en retroussant ses manches (un geste qu'elle fait toujours pour signifier qu'elle n'est pas prête à céder), c'est que tu ne dois rien manger avant.

— Donne-moi dix centimes, Da, pour m'acheter quelque chose à manger après…

— Tu reviens ici tout de suite après ton vaccin, tu m'entends ? Tu ne mangeras rien de sucré avant d'avaler quelque chose de consistant, sinon tu risques d'attraper des vers.

— Des vers ?

— Même le ténia. Il est plus long que ton corps, et il s'installe dans ton ventre pour digérer à ta place tout ce que tu manges. C'est ton pire ennemi. Tu manges, mais c'est lui qui grossit.

— Je sais ça, Da.

Da déteste qu'on lui réponde ainsi. La technique : il faut faire semblant de l'écouter, tout en ayant la tête ailleurs.

— Si tu me dis que tu sais encore une fois, lance Da en faisant semblant de me flanquer une gifle.

Je lève mon bras pour me protéger le visage, bien que je sache que Da ne m'aurait jamais frappé à la figure.

— C'est ce que Nazaire a… Il est dans ma classe. Il mange sans arrêt, et il a toujours faim, Da.

— Nazaire est simplement un gourmand, conclut Da avec son sourire narquois.

— La mère de Rico dit qu'il a peut-être un zombie dans le ventre qui mange à sa place.

— Tu reviens manger, toi, insiste Da, et je te donnerai après de l'argent pour t'acheter une sucrerie.

— C'est pas la même chose, Da, quand on mange avec les amis. On dirait que ça n'a pas le même goût.

Un temps qui m'a semblé plus long qu'un siècle et demi.

— Tu ne veux pas m'écouter, alors va te tuer avec ces choses sucrées ! Les vers te dévoreront le cœur, et je ne ferai rien pour les en empêcher…

J'arrache les dix centimes des mains de Da pour filer comme une flèche, suivi de Marquis.

LE GROS MITCHELL

Je vois d'abord son cou rouge. Il cause avec la marchande de poules assise sur la galerie du notaire Loné. Je le dépasse. Il m'attrape par la ceinture avec son bâton.

— Da est là ? me demande-t-il avec son accent qui me fait toujours rire.

Le gros Mitchell est un Américain (le seul, à part les pasteurs protestants de l'église Par-la-Foi) qui vit dans la grande maison blanche, au pied du morne Tapion, tout juste à l'entrée de la ville.

— Oui. Elle est là.

— Je vais la voir.

Une fois, il y a longtemps, Da m'avait raconté que le gros Mitchell voulait acheter notre maison. Sachant qu'elle est presque la propriété de Bombace, il revient à la charge avant que celui-ci ne remette la main dessus. Le gros Mitchell sait qu'il n'aura aucune chance avec Bombace (les riches ne vendent pas, ils achètent). La raison secrète pour laquelle le gros Mitchell veut à tout prix notre maison, m'a dit Da, c'est qu'il sait qu'il y a une jarre remplie de pièces d'or sous le calebassier, près de l'entrée qui donne sur la rue Desvignes. C'est à l'aide de son bâton que le gros Mitchell arrive généralement à détecter l'or quelque part. Je le vois souvent sous le calebassier, l'air soucieux.

LE SERPENT

Da n'a jamais voulu vendre la maison au gros Mitchell à cause de l'or.

Un serpent garde l'or.

— Quand arrivera celui à qui est destiné cet or, le serpent filera à travers les hautes herbes, et on ne le reverra plus.

— Et sait-on, Da, à qui cet or est destiné ?

— Non.

— Ce n'est pas à toi ?

Da rit aux éclats.

— C'est trop tard pour moi, Vieux Os.

— Peut-être que c'est quelqu'un qu'on ne connaît même pas.

— Oui, soupire Da.

— Peut-être que l'or n'existe pas non plus...

Le visage de Da devient subitement grave.

— Il existe, dit-elle en secouant doucement la tête. J'ai vu le serpent... Cette terre a appartenu à un colon français, Ferrand de Baudières. Il savait qu'on le cherchait pour le tuer, alors il a caché son or ici, et il a fait enterrer vivant un jeune esclave pour le garder. On dit que c'est l'esclave qui s'est changé en serpent.

Je sens comme un serpent glacé courir le long de mon échine.

La maison du notaire Loné. Je colle mon oreille contre la porte d'entrée. Aucun bruit. Je fais deux fois le tour de la maison. Toutes les fenêtres sont fermées. Pourtant Marquis n'arrête pas de japper, comme s'il était sûr que quelqu'un se trouve à l'intérieur.

—Tais-toi, Marquis.

—Le chien a raison, dit la vieille marchande encore assise sur la galerie.

—Qu'est-ce qui se passe? je demande un peu anxieusement.

—Le notaire est à l'intérieur, mais il n'ouvre à personne. Je suis ici depuis ce matin, comme chaque samedi. Le notaire m'achète toujours une paire de poules.

—Comment savez-vous qu'il est là?

—Je l'ai entendu rire.

—Seul?

—Oui…

—Personne d'autre n'est venu le demander?

—Personne, à part l'Américain… Les gens semblent même éviter la maison, dit la vieille marchande après un temps. Je ne sais pas ce qui est arrivé, mais ils préfèrent prendre une autre rue plutôt que de passer devant la maison du notaire Loné. Moi, je dois partir parce qu'il est déjà midi, et que je n'ai encore rien vendu.

—Je dois aller me faire vacciner au marché, dis-je en sautant à pieds joints dans la rue.

Marquis, quant à lui, a raté son saut et a failli se casser la mâchoire. Ses pattes arrière sont restées très faibles depuis son accident. Marquis croit qu'il est toujours en aussi grande forme que du temps où il courait comme un grand fou derrière le camion de Gros Simon.

—Ah, dit la vieille marchande, c'est pour ça que j'ai vu tant de monde, ce matin, là-bas.

Elle attrape par les pattes les poules qui picoraient encore des grains de riz sur la galerie, les attache bien solidement avec une ficelle en jute pour ensuite les jeter sur son épaule.

Elle me rejoint au carrefour.

—Attends-moi, je vais par là aussi. Je dois descendre jusqu'à Petite-Guinée. J'ai tant de choses à faire, aujourd'hui. Je vais à Petite-Guinée pour remonter à la Hatte, plus tard, quand le soleil se fera moins chaud, vers six heures du soir. Je passerai dire bonjour à Notre-Dame, elle m'a toujours assistée dans les mauvais moments.

Une femme sort sur sa galerie et l'appelle. Elle y va et revient de suite.

—Elle ne voulait pas vraiment acheter. Son prix était trop bas. Regarde mes poules. Prends-les dans tes mains, ça pèse hein ! Bon, je ne vends pas de poules rachitiques. Je lui ai dit d'attendre que Séraphina passe si elle veut des maigrichonnes… Ça me fait quand même de la peine pour le notaire, un bon client. Il m'a toujours bien payée, ce que je ne peux pas dire de tout le monde. Regarde, madame Herman, elle est riche comme Crésus, on ne sait même pas où elle a trouvé son argent. Bien sûr les affaires des gens sont toujours un véritable mystère, mais son mari, le pauvre, est mort dans des conditions étranges. N'empêche qu'elle est riche aujourd'hui, mais n'essayez pas de lui faire payer ses dettes. Oh, à moi, une pauvre malheureuse, elle doit plus de cinquante gourdes… Je me demande ce qui est arrivé au notaire pour qu'il s'enferme comme ça chez lui, faut dire qu'il a toujours été un peu bizarre.

On passe devant la loge maçonnique.

—La plupart de mes clients sont des francs-maçons. Je ne sais pas pourquoi, les francs-maçons adorent la volaille. Ce sont des gens bien même s'ils sont mécréants, enfin, chacun fait ce qu'il veut... Moi, je suis ici sur cette terre pour vendre des poules. J'avais cinq ans quand j'ai accompagné ma mère pour venir vendre des poules, à Petit-Goâve. Je suis de Boucan-Bélier, le pays de ta grand-mère.

—Comment se fait-il que tu connaisses ma grand-mère ?

—Qui ne connaît pas Da ! Regarde, quand tu vois ce ruban mauve sur la porte principale de la loge, c'est qu'il va y avoir une grande cérémonie, ici, ce soir.

—Ah bon...

—Je connais leur secret. Tu veux que je te le dise ? Ne me dis pas non, je le sais, tu brûles de connaître le secret des francs-maçons, n'est-ce pas ?

—Oui, dis-je pour ne pas la blesser.

Ses yeux brillent comme des sous neufs.

—Donne-moi dix centimes, dit-elle en me tendant sa main osseuse. Donne-moi dix centimes, et je te dirai le secret des francs-maçons. Seuls les initiés connaissent ce secret.

—Avez-vous été initiée ?

Elle fait un bond de côté.

—Non ! Ils ne prennent pas les femmes. Ils disent que les femmes ne peuvent pas garder un secret. C'est faux. Moi-même, dit-elle en se frappant fortement la poitrine, je n'ai jamais divulgué ce secret. Je ne l'ai jamais dit à personne, pas même à ma mère. Toi, tu es différent, c'est pour ça que je te le dirai.

— Vous n'avez pas peur que…

— Donne-moi les dix centimes. Je ne le dis pas pour l'argent, ça t'aurait coûté beaucoup trop cher, mais il me faut dix centimes pour arracher le secret de mon sein gauche.

Je finis par lui tendre les dix centimes.

— Tu es un bon garçon… Maintenant, écoute-moi bien. Ce que je vais te dire, tu ne dois le répéter à personne, même sous la menace d'un fusil, tu m'entends ?

— Oui.

— Même si on te torturait, tu devrais garder le secret dans ton sein gauche.

— Oui.

— Donne-moi ta main gauche maintenant. Ferme les yeux, et écoute-moi…

J'ai peur qu'elle ne me crache dans la main, comme l'a déjà fait la vieille Nozéa. Évidemment, c'est la première chose qu'elle fait. Un crachat épais et visqueux. Je n'ose même pas jeter un coup d'œil sur ma main.

— Le secret des francs-maçons, tu m'entends ?

Je fais signe que oui.

— Mettons-nous face à l'Orient éternel. Garde les yeux bien fermés. Voilà : ils se réunissent généralement dans une minuscule pièce éclairée par des bougies. Ils se déshabillent. Ils sont maintenant nus. Et chacun va déposer un baiser sur la fesse gauche de son vis-à-vis. C'est ça le secret des francs-maçons, tu ne dois jamais le répéter, sinon tu disparaîtras, et personne ne saura jamais où tu es passé. Tu m'entends ?

— Oui.

— Maintenant, je dois te quitter.

Je la regarde un moment descendre la rue Geffrard

jusqu'au petit cimetière. Un cerf-volant jaune dans le ciel bleu. Je suis subitement pris d'une irrépressible envie de vomir. Ce que je cours faire contre le manguier, à l'entrée du marché du dimanche (un marché en plein air qui n'est ouvert que ce jour).

DEUX CŒURS

La file arrive jusqu'à la fontaine, de l'autre côté de la rue. Je vais vers Frantz que je viens d'apercevoir, complètement en avant de la rangée.

— Où est Rico ? je lui demande.

— Ils l'ont emmené, il y a une heure.

— Qui ça ?

— Les Blancs de la Mission. Rico a eu son vaccin parmi les premiers, ce matin. Ils l'ont retenu pour une série de tests et, ensuite, ils l'ont emmené dans une jeep.

— Pourquoi l'ont-ils emmené ?

— Je ne sais pas.

— Comment, tu ne sais pas ?

— Je n'étais pas là. On dit qu'ils ont trouvé deux cœurs chez lui. Je ne sais pas, moi. C'est ce que j'ai entendu.

Un type de l'École nationale des garçons, juste en arrière de Frantz, me donne quelques détails.

— C'est vrai. Mon frère était là. Il dit que l'infirmière Gisèle a d'abord posé son stéthoscope sur le côté gauche de Rico pour écouter les battements réguliers de son cœur. Aucun problème. Ensuite, elle a eu comme un doute, et elle a posé le stéthoscope sur le côté droit pour entendre d'autres battements distincts des précédents. Alors l'infirmière Gisèle a poussé un grand cri. Le médecin blanc, paraît-il, a commencé par rire, mais quand lui-même a écouté, son visage est devenu rouge comme une tomate... L'équipe médicale a entouré Rico, et ils lui ont posé toutes sortes de questions durant plus de deux heures. Ensuite, les gens du quartier sont arrivés et ont commencé à prier et à chanter. Immédiatement, les Blancs de la Mission ont emmené Rico dans une jeep.

—Où ça ?

—À Port-au-Prince. Il paraît que sa propre mère n'a même pas eu le temps de le voir.

L'AMOUR

Je me retourne sans raison, et je la vois. Elle est en train de bavarder avec ma cousine Didi. Là, sous le manguier où je viens de vomir. Je n'ai qu'un cœur, moi, et il s'est arrêté.

—Qu'est-ce que tu as ? me demande Frantz.

—Rien... Un point de côté.

Je n'arrive pas à respirer.

—Assieds-toi par terre.

Je m'assois, mais la douleur devient plus intense.

—Ferme les yeux, me dit Frantz, et concentre-toi maintenant sur l'endroit qui te fait mal.

Je vois encore Vava plus nettement que quand j'avais les yeux ouverts. Une flamme jaune au-dessus de laquelle dansent de magnifiques yeux noirs d'une insoutenable douceur. Je reste immobile pour ne pas perdre cette vision. Même si elle me brûle, je veux garder cette flamme jusqu'au bout. Tout tourne autour de moi à une vitesse vertigineuse. J'ai de nouveau envie de vomir. Cette sensation de glisser dans un puits sans fond. Je n'arrive plus à m'accrocher aux parois. Aucune aspérité.

Brusquement, je ne sens plus rien. Quelque temps plus tard, j'entends des voix. Des voix qui semblent venir de loin. De très loin.

— Tu m'as fait peur, Vieux Os, me dit Frantz.

— J'ai eu un étourdissement...

— Je pensais que tu étais en train de mourir.

Je me relève. Je cherche Vava des yeux. Elle n'est plus là. Déjà partie.

L'HUMILIATION

Brusquement, la pluie. Forte. Tout le monde court se mettre à l'abri sur les galeries des maisonnettes entourant le marché. On regarde, en silence, tomber la pluie. Déjà l'odeur monte. L'odeur de la terre mouillée. Certains élèves de l'École nationale des garçons se déshabillent pour aller gambader sous la pluie. Ils forment un petit groupe compact, près de la fontaine. La pluie s'intensifie. Les garçons de l'École nationale font semblant de se battre tout en s'approchant de la galerie où je me tiens avec Frantz et ma cousine Didi. Je tente de savoir par Didi où est passée Vava. Elle fait semblant de ne pas comprendre ce que je lui demande. C'est vrai que la pluie mitraille dans un bruit infernal le toit en tôle de la maisonnette, mais je suis sûr qu'elle m'a bien saisi. Elle sait que Vava m'habite totalement. Elle peut le voir dans mes yeux. Alors pourquoi se moque-t-elle de moi ainsi ? Je me sens mal à nouveau. Je n'ai pas mangé aussi depuis hier soir. Da m'a donné dix centimes. J'aurais pu acheter une cassave, mais je me suis fait avoir par cette rusée marchande de poules. Je dois garder cette histoire secrète, si je ne veux pas qu'on me ridiculise. Didi sait très bien où se trouve

Vava. Pourquoi refuse-t-elle de me le dire ? Les garçons de l'École nationale (beaucoup plus forts que Frantz et moi) grimpent maintenant sur la galerie. L'un d'eux attrape Didi par le bras. Elle pousse un long hurlement, comme si on était en train de l'écorcher vive. Je quitte mon coin pour aller la défendre. Deux types me prennent par les pieds. Ils me traînent ainsi, sur le dos, jusqu'au centre du marché. J'entends les rires, venant de toutes les maisonnettes environnant le marché. Je suis au centre. Je ne fais aucun mouvement. Brusquement, la pluie s'arrête comme elle est venue. La foule envahit le marché. J'ouvre les yeux. Le visage de Vava sur fond de ciel bleu. Frantz et Didi m'aident à me relever. Je referme les yeux de honte. Je ne veux pas voir Vava. Frantz me ramène à la maison. Je garde les yeux fermés tout le long du chemin.

LE DÉPART

Je suis prêt depuis quatre heures du matin. Ma valise, appuyée contre la porte d'entrée. Gros Simon avait dit à Da qu'il passerait me prendre vers six heures. Da ne s'est pas couchée de la nuit. J'ai fait semblant de dormir. De temps en temps, je soulève la pointe du drap pour regarder Da en train de marcher dans toute la maison. Elle marmonne quelque chose que je n'arrive pas à comprendre. Est-ce un chant, une prière ou un monologue ? Je tends l'oreille, mais je ne parviens à saisir aucun mot. Elle essuie sans cesse tout (les meubles, les verres sur la panetière, les images saintes, les statuettes) comme si on était en plein jour. Finalement l'aube. Et Marquis qui se met à aboyer sans raison. Se doute-t-il de quelque chose ?

— Viens ici, Marquis.

Je le prends par le cou. Il me lèche tout le visage. Da nous regarde, debout dans l'encadrement de la porte. Finalement, on entend le ronflement du camion de Gros Simon. Il doit être en ce moment près de la Croix-Jubilée. Le camion s'arrête devant la maison du Syrien. Il passe un bon moment là. Gros Simon prend toujours son premier café avec le Syrien pendant que les hommes sont en train de charger le camion de sacs de bananes, de fruits, de légumes et de noix de coco. Le Syrien exporte des produits agricoles à Port-au-Prince pour importer de la farine, du sel, du sucre et de l'huile en gros. Le moteur du camion continue à ronronner. Après un temps, Da sort la valise sur la galerie. Les longues veines bleues de son bras. Marquis nous rejoint tout excité. Le camion s'amène enfin. Da m'embrasse.

— Aïe ! mon fils... Vieux Os... Mon bâton de vieillesse... Qu'est-ce que je vais faire sans toi ?

Sauveur est venu prendre ma valise qu'il lance, d'un geste sec et précis, à quelqu'un déjà debout sur le toit du camion en train de placer les autres valises. Da se met brusquement à fredonner ce vieux refrain qu'elle chante toujours quand elle souffre.

Trois feuilles
trois racines oh
jeté, blié
ramassé, sonjé.

Mozart sort sur la galerie de sa boutique, et demande qui s'en va à Da. Da lui dit à haute voix que c'est moi qui pars rejoindre ma mère à Port-au-Prince.

— Ah, fait Mozart, pour les vacances.

— Non, répond Da, il part pour toujours.

— C'est pas vrai ! je hurle. C'est pour mes études secondaires, après je reviendrai vivre à Petit-Goâve.

J'éclate en même temps en sanglots. Da me caresse les cheveux. Naréus s'amène en courant avec un gros canard sous le bras.

— C'est pour ta mère. Ça fait longtemps que je lui en ai promis un.

Gros Simon prend le canard de mes mains et le redonne à Naréus.

— Naréus, dès qu'on arrivera au poste de Gressier, le sergent le confisquera… Ils ne veulent pas que les particuliers entrent avec des animaux à Port-au-Prince.

— C'est pas un animal, rétorque Naréus, c'est un canard.

Tout le monde éclate de rire, sauf Naréus.

— On dira au sergent que c'est un canard de Naréus, vous savez, Naréus de Petit-Goâve, lance un gros homme assis au fond du camion.

Mais il est le seul à rire de sa propre blague.

L'infirmière Gisèle a trouvé la meilleure place, dans la cabine en avant, à côté de Gros Simon. Da a donné un extra à Gros Simon pour qu'il me place dans la première rangée. L'infirmière Gisèle porte un large chapeau de paille avec un foulard de soie bleu autour du cou. Debout sur le marchepied, Camelo lui parle de si près qu'on a l'impression qu'ils sont en train de s'embrasser.

— Hé, les pigeons ! lance le même gros homme (on dirait Gérard Labarre, mais je n'arrive pas à le distinguer dans la pénombre), on n'accepte pas les pigeons non plus au poste de Gressier.

Deux ou trois rires fusent. Camelo fait comme s'il n'avait rien entendu.

— On part, dit Gros Simon. Le soleil va se lever

dans une demi-heure, et je n'ai pas envie de l'avoir dans le visage quand je vais grimper le morne Tapion.

Camelo embrasse enfin l'infirmière Gisèle et, au moment où le camion démarre, saute prestement dans la rue. Quelques personnes applaudissent timidement l'exploit. Da reste debout sur la galerie jusqu'à ce que le camion tourne au coin de la rue Geffrard. Voilà Marquis qui s'amène ventre à terre comme s'il venait de prendre vraiment conscience de mon départ. Sacré Marquis !

LE BAISER DE VAVA

Le camion s'arrête juste en face de la maison de Délia, la mère de Vava. Celle-ci laisse tomber son balai pour accourir en chemise de nuit jusqu'à la portière du chauffeur.

— Ne t'inquiète pas, Simon, mon neveu sera déjà là à t'attendre à ton arrivée à Port-au-Prince. Tu n'auras qu'à lui remettre cette lettre de ma part.

Le rideau de la fenêtre bouge légèrement. Je lève la tête. Vava me regarde. Tout mon sang vient de se retirer de mon corps. Je deviens livide. Les grands yeux noirs de Vava. Une dernière fois. Mes mains sont glacées. Ma bouche, sèche.

Le camion redémarre lentement. On entend craquer le vieux châssis en bois. Vava m'envoie un baiser. Délia se retourne vivement.

— Ferme la fenêtre, Valentine.

La fenêtre se referme doucement, comme une caresse sur ma joue.

Je suis mort.

L'adieu

J'ai écrit ce livre pour une seule raison : revoir Da. Quand *l'Odeur du café* est paru en automne 1991, Da était encore vivante, et elle l'a lu.

— Vieux Os !... Quel beau cadeau tu m'as fait !

— Je te l'avais promis.

Je me souviens de son doux sourire. Elle était très fière de pouvoir filer son aiguille jusqu'au dernier jour. Elle est morte un samedi matin, le 17 octobre 1992, à l'âge de 96 ans. Et depuis, elle me manque.

Je suis retourné le 11 août 1997 à Petit-Goâve. La première fois depuis mon départ, il y a plus de trente ans. Juste avant d'envoyer ce livre à mon éditeur. Et je les ai tous revus.

Voici Da, assise comme toujours sur sa galerie au 88 de la rue Lamarre, en train de siroter son café. Et aussi ce bon vieux Marquis qui vient se frotter contre ma jambe, en remuant doucement la queue.

Le soleil de midi. Les rues désertes. La mer turquoise scintillant derrière les casernes. La ville fait la sieste.

Vers le soir, j'ai revu sur les quais les copains (Frantz et Rico), avec qui j'ai fait les quatre cents coups, et les filles (Vava, Edna, Fifi, ma cousine Didi, Sylphise) qui ont illuminé mon enfance. (La plupart reposent dans le cimetière fleuri de Petit-Goâve, emportés par l'épidémie de malaria qui a fait rage en 1964, l'année suivant le cyclone Flora.) Tout est resté comme avant dans ma mémoire.

J'ai pris tant de plaisir à être à Petit-Goâve que je n'ai pas vu le temps passer.

Table

Du même auteur

COMMENT FAIRE L'AMOUR AVEC UN NÈGRE SANS SE FATIGUER, VLB (Montréal, 1985) ; Belfond (Paris, 1989) ; J'ai lu (Paris, 1990) ; Le Serpent à Plumes (Paris, 1999) ; Typo (Montréal, 2002) ; Zulma (Paris, 2020).

ÉROSHIMA, VLB (Montréal, 1991) ; Typo (Montréal, 1998).

L'ODEUR DU CAFÉ, VLB (Montréal, 1991) ; Typo (Montréal, 1999) ; Le Serpent à Plumes (Paris, 2001) ; Zulma (Paris, 2016).

LE GOÛT DES JEUNES FILLES, VLB (Montréal, 1992) ; Grasset (Paris, 2005) ; Folio (Paris, 2007) ; Zulma (Paris, 2017).

CETTE GRENADE DANS LA MAIN DU JEUNE NÈGRE EST-ELLE UNE ARME OU UN FRUIT ?, VLB (Montréal, 1993) ; Typo (Montréal, 2000) ; nouvelle édition revue par l'auteur, VLB (Montréal, 2002) ; Le Serpent à Plumes (Paris, 2002) ; Zulma (Paris, 2022).

CHRONIQUE DE LA DÉRIVE DOUCE, VLB (Montréal, 1994) ; Grasset (Paris, 2012) ; Le Livre de Poche (Paris, 2014).

PAYS SANS CHAPEAU, Lanctôt (Montréal, 1996) ; Québec Loisirs (Montréal, 1997) ; Le Serpent à Plumes (Paris, 1999) ; Boréal (Montréal, 2006) ; Zulma (Paris, 2018).

LA CHAIR DU MAÎTRE, Lanctôt (Montréal, 1997) ; Le Serpent à Plumes (Paris, 2000).

LE CHARME DES APRÈS-MIDI SANS FIN, Lanctôt (Montréal, 1997) ; Le Serpent à Plumes (Paris, 1999) ; Boréal (Montréal, 2010) ; Zulma (Paris, 2016).

J'ÉCRIS COMME JE VIS. *Entretiens avec Bernard Magnier*, Lanctôt (Montréal, 2000) ; La Passe du vent (Paris, 2000) ; Boréal (Montréal, 2010).

LE CRI DES OISEAUX FOUS, Lanctôt (Montréal, 2000) ; Le Serpent à Plumes (Paris, 2000) ; Boréal (Montréal, 2010) ; Zulma (Paris, 2015).

JE SUIS FATIGUÉ, Initiales (Paris, 2000) ; Lanctôt (Montréal, 2001) ; Mémoire d'encrier (Port-au-Prince, 2001) ; Typo (Montréal, 2005).

COMMENT CONQUÉRIR L'AMÉRIQUE EN UNE NUIT, *scénario*, Lanctôt (Montréal, 2004) ; Boréal (Montréal, 2010).

LES ANNÉES 80 DANS MA VIEILLE FORD, Mémoire d'encrier (Montréal, 2005).

JE SUIS FOU DE VAVA, *collection Jeunesse*, Éditions de la Bagnole (Montréal, 2006).

VERS LE SUD, Grasset (Paris, 2006) ; Boréal (Montréal, 2006) ; Le Livre de Poche (Paris, 2012).

JE SUIS UN ÉCRIVAIN JAPONAIS, Grasset (Paris, 2008) ; Boréal (Montréal, 2008) ; Le Livre de Poche (Paris, 2012).

LA FÊTE DES MORTS, *collection Jeunesse*, Éditions de la Bagnole (Montréal, 2009).

L'ÉNIGME DU RETOUR, Grasset (Paris, 2009) ; Boréal (Montréal, 2009) ; Le Livre de Poche (Paris, 2011).

TOUT BOUGE AUTOUR DE MOI, Mémoire d'encrier (Montréal, 2010) ; Grasset (Paris, 2011) ; Le Livre de Poche (Paris, 2012).

UN ART DE VIVRE PAR TEMPS DE CATASTROPHE, University of Alberta Press (Edmonton, 2010).

L'ART PRESQUE PERDU DE NE RIEN FAIRE, Boréal (Montréal, 2011) ; Grasset (Paris, 2014).

JOURNAL D'UN ÉCRIVAIN EN PYJAMA, Mémoire d'encrier (Montréal, 2013) ; Grasset (Paris, 2013) ; Le Livre de Poche (Paris, 2015).

L'ODEUR DU CAFÉ, *collection Jeunesse*, Éditions de la Bagnole (Montréal, 2014).

LE BAISER MAUVE DE VAVA, *collection Jeunesse*, Éditions de la Bagnole (Montréal, 2014).

DANY LAFERRIÈRE À L'ACADÉMIE FRANÇAISE : DISCOURS DE RÉCEPTION, Boréal (Montréal, 2015).

TOUT CE QU'ON NE TE DIRA PAS, MONGO, Mémoire d'encrier (Montréal, 2015).

MYTHOLOGIES AMÉRICAINES, Grasset (Paris, 2016).

AUTOPORTRAIT DE PARIS AVEC CHAT, Grasset (Paris, 2018).

VERS D'AUTRES RIVES, Éditions de l'Aube (La Tour-d'Aigues, 2019).

L'EXIL VAUT LE VOYAGE, Grasset (Paris, 2020).

SUR LA ROUTE AVEC BASHŌ, Grasset (Paris, 2021).

DANY LAFERRIÈRE

L'Odeur du café

Roman

« J'ai passé mon enfance à Petit-Goâve, à quelques kilomètres de Port-au-Prince. Si vous prenez la nationale Sud, c'est un peu après le terrible morne Tapion. Laissez rouler votre camion (on voyage en camion, bien sûr) jusqu'aux casernes (jaune feu), tournez tranquillement à gauche, une légère pente à grimper, et essayez de vous arrêter au 88 de la rue Lamarre.

Il est fort possible que vous voyiez, assis sur la galerie, une vieille dame au visage serein et souriant à côté d'un petit garçon de dix ans. La vieille dame, c'est ma grand-mère. Il faut l'appeler Da. Da tout court. L'enfant, c'est moi. Et c'est l'été 63.

Da boit son café. J'observe les fourmis. Le temps n'existe pas. »

« Une justesse de ton et d'émotion d'une simplicité bouleversante. » *La Presse*

DANY LAFERRIÈRE

Le Goût des jeunes filles

Roman

« De l'autre côté du trottoir, c'est la maison de Miki. Toujours pleine de rires, de cris, de filles. Miki habite seule, mais elle a beaucoup d'amis. Il y a toujours deux ou trois voitures garées devant sa porte, prêtes à partir pour la plage, pour un restaurant à la montagne ou pour le bal. Tous les jours. Et moi, je dois étudier mon algèbre. S'il n'y avait que Miki. Mais voici Pasqualine qui s'étire comme une chatte persane. Marie-Michèle est un peu snob et Choupette, aussi vulgaire qu'une marchande de poissons. La bouche méprisante de Marie-Erna et les fesses dures de Marie-Flore. Les hommes ne sont pas toujours les mêmes. Quant à moi, je ne bouge pas de la fenêtre de ma petite chambre. À l'étage. Je rêve du jour où j'irai au paradis, c'est-à-dire en face. »

Le Goût des jeunes filles est un roman étourdissant. Une initiation à la liberté et à la fureur de vivre.

« Joyeusement hédoniste. » *Le Point*

DANY LAFERRIÈRE

Le Cri des oiseaux fous

Roman

« Droite, fière, sans un sourire, ma mère me regarde partir. Les hommes de sa maison partent en exil avant la trentaine pour ne pas mourir en prison. Les femmes restent. Ma mère a été poignardée deux fois en vingt ans. Papa Doc a chassé mon père du pays. Baby Doc me chasse à son tour. Père et fils, présidents. Père et fils, exilés. Et ma mère qui ne bouge pas. Toujours ce sourire infiniment triste au coin des lèvres. Je me retourne une dernière fois, mais elle n'est plus là. »

Vieux Os a vingt-trois ans. Son ami Gasner, journaliste comme lui, vient d'être assassiné par les tontons macoutes. La mécanique de l'exil est enclenchée. De courses effrénées en déambulations rêveuses, Vieux Os parcourt son monde en accéléré : les amis de toujours, les belles de nuit du Brise-de-Mer, les souvenirs d'enfance à Petit-Goâve, Sandra et Lisa – « l'une pour le corps, l'autre pour le cœur » –, les tueurs qui rôdent dans la nuit de Port-au-Prince, un ange gardien aux allures de dieu vaudou… « Cette nuit, je saurai tout de la vie. »

« Un roman d'une grande puissance. » *France Inter*

DANY LAFERRIÈRE

Pays sans chapeau

Roman

« La nuit existe dans ce pays. Une nuit mystérieuse. Moi qui viens de passer près de vingt ans dans le Nord, j'avais presque oublié cet aspect de la nuit. La nuit noire. Nuit mystique. Et il n'y a que le jour qu'on puisse parler de la nuit... On dirait que deux pays cheminent côte à côte, sans jamais se rencontrer. »

Après vingt ans d'absence, l'écrivain rentre chez lui, à Port-au-Prince. Le pays, en apparence, est le même. Mais au fil des silences, des mots chuchotés, et de quelques rencontres improbables, le voilà lancé, lui, l'écrivain qui se dit primitif, dans une étrange enquête au Pays sans chapeau – c'est ainsi qu'on appelle l'au-delà en Haïti. Et c'est le pays rêvé qui prend le pas sur le pays réel.

Pays sans chapeau est l'extraordinaire chronique de ce reportage, habitée par l'émotion du retour et la magie des dieux cachés. « Ils sont là, je le sais, ils sont tous là à me regarder travailler à ce livre. Je sais qu'ils m'observent. Je le sens. »

« À chaque page, on vibre, on sourit, on est touché par la poésie des mots, l'humour et la profondeur de ce fin lettré. » *Ouest France*

DANY LAFERRIÈRE

Comment faire l'amour avec un Nègre sans se fatiguer

Roman

Dans la moiteur de l'été, deux jeunes hommes paressent dans une chambre poisseuse de Montréal. Ils boivent, mangent, rient, lisent et baisent quand ça se présente. Et ça se présente, car la drague est joyeusement efficace.

Torse nu sur son divan, l'un écoute Charlie Parker et Archie Shepp en philosophant, quand il ne dort pas trois jours d'affilée. L'autre rêve de devenir écrivain, il lit Baldwin, Hemingway, Henry Miller ou Bukowski, et s'extasie devant l'appétit sexuel des jeunes filles sérieuses. Ils dissertent sur la beauté et l'origine du désir, sur la Blanche et le Nègre. Et ça fait des étincelles dans un grand éclat de rire jazz.

Machine à écrire, ruban neuf, papier immaculé : la vieille Remington 22 qui a appartenu à Chester Himes est riche de promesses… L'écrivain est en route !

« Génial, tout simplement. » *Le Figaro*

DANY LAFERRIÈRE

Cette grenade dans la main du jeune Nègre est-elle une arme ou un fruit ?

Au lendemain de la déferlante de succès qui accompagna la parution de *Comment faire l'amour avec un Nègre sans se fatiguer ?*, Dany Laferrière se voit confier une série de reportages sur l'Amérique par un prestigieux magazine... Il se lance alors à la rencontre de l'Amérique profonde, sillonne en bus les États, fait escale dans d'improbables bourgades, et nourrit ces saynètes éloquentes de réflexions sur la littérature, l'identité, la pauvreté – et sur le fait d'être Noir dans cette Amérique-là.

Sous forme de collection d'instantanés comme autant de moments de vie, il raconte le racisme ordinaire, la folie douce des gens, les préjugés profondément ancrés... Toujours drôle, savoureux, insolent et piquant.

« Un livre jouissif et terriblement humain. »

Le Monde

JACQUES ROUMAIN

Gouverneurs de la rosée

Roman

« Tout le monde a été touché par les amours de Manuel et d'Annaïse. Aux citadins haïtiens et aux lecteurs étrangers, le roman a révélé la vie paysanne, qu'ils ignoraient autant les uns que les autres. Les évocations du paysage haïtien ont enchanté ; la vieille Délira a éveillé la compassion ; les ronchonnements de Bienaimé ont amusé ; les trouvailles linguistiques de Roumain ont suscité l'admiration. On pourrait presque dire que la critique a été unanime, d'un côté comme de l'autre de l'Atlantique, à élever *Gouverneurs de la rosée* au rang de chef-d'œuvre. »

Léon-François Hoffmann

« *Gouverneurs de la rosée* est le plus roman d'amour que j'ai lu. On n'a qu'à l'ouvrir pour se retrouver immédiatement happé dans le cercle de feu qui entoure Annaïse et Manuel. »

Dany Laferrière

Ce volume contient également :
Jacques Roumain vivant
par Jacques Stephen Alexis

MARIE VIEUX-CHAUVET

Amour, colère et folie

Comme une revanche sur le désir et sur la vie, Claire, l'aînée des sœurs Clamont, orchestre en sourdine une tragédie qui se joue entre elle et ses sœurs – l'une trop belle, l'autre trop naïve – pour l'amour du même homme. « Traitez-moi d'impudique, d'immorale. Assaisonnez-moi d'épithètes injurieuses si cela peut vous soulager, mais vous ne m'intimiderez plus. » Voici donné le ton. Brûlant, âpre, acéré. Tandis que dehors, partout dans la ville, gronde la fureur d'une dictature sans merci…

Publié pour la première fois en 1968, aussitôt interdit, *Amour, colère et folie* est incontestablement le chef-d'œuvre de Marie Vieux-Chauvet, une critique cinglante du régime haïtien qui aura condamné son auteure à l'exil.

« La voix claire et pure d'une romancière indomptable. » Dany Laferrière

« Un roman puissant. » *Transfuge*

« Ce livre est un miracle. » *France Inter*

RENÉ DEPESTRE

Popa Singer

Roman

« En vérité, les enfants, je ne serais ni papadocquiste, ni bolchevique, ni djihadiste va-t-en-guerre à la solde de quelque divinité barbare. La politique serait pour moi l'art de mettre chaque sujet de l'espèce en accord fraternel avec les tremblements de la vie. N'ayant moi-même que l'humble capacité de résistance d'une machine à coudre Singer, je serais une démo-singériste à tous crins… »

Avec *Popa Singer*, René Depestre signe une charge féroce et désopilante contre un Ubu Roi des Tropiques. Et l'on devine que ce roman épique et jubilatoire raconte sur un mode burlesque une période dramatique de l'histoire haïtienne.

« Essorés et joyeux, nous quittons ce livre rabelaisien avec la curieuse impression d'avoir reçu sur le crâne une douce et délicieuse machine à coudre. »

Le Canard enchaîné

GRAND PRIX SGDL DE LITTÉRATURE

DOMINIQUE BATRAVILLE

L'Ange de charbon

Roman

Tout commence par le tonnerre et l'engloutissement, le grand tremblement de gorge de Monsieur Richter. Face à ce nouvel esprit vaudou, M'Badjo Baldini – « nègre errant d'origine italienne » – parvient à tenir la dragée haute à l'apocalypse.

« Je vis chaque jour mon épopée », déclare-t-il au huitième matin du désastre tout en récapitulant les femmes-cyclones de sa vie. Et au onzième enfin : « Ma ville se meurt, gît dans son sang. Ma ville-mouroir. Je reviendrai un jour réveiller tes métamorphoses. »

Secoué d'un bout à l'autre d'un grand éclat de rire, ce chant d'un Maldoror noir, la tête dans les étoiles et le regard insolent, est comme une ultime réplique au séisme ravageur.

« Batraville a l'art de faire danser les mots sous nos yeux, comme les flammes d'un incendie. »

Le Nouvel Observateur

JACQUES STEPHEN ALEXIS

L'étoile Absinthe

Roman

La Niña Estrellita, reine du Sensation Bar, héroïne sublime de *L'Espace d'un cillement*, a tourné le dos, sans roulement de hanches, à sa première vie, à son amour dévorant pour El Caucho. La revoilà Églantine, dans une pension à la quinzaine, en quête de rédemption. Célie, résidente des lieux, a du caractère et de belles perspectives : c'est dans le sel qu'il faut investir. Les deux associées de fortune affrètent un voilier, le *Dieu-Premier*, pour rejoindre la Grande-Saline. Mais c'est la tempête. Une tempête de tous les diables et de tous les dieux vaudous…

« Un déluge d'images au pouvoir d'évocation intense. »

Le Monde des Livres

Couverture créée par David Pearson et imprimée chez Floch à Mayenne ¶ Texte composé et mis en page par les Ateliers Graphiques de l'Ardoisière à Bègles ¶ Reproduit et achevé d'imprimer en octobre 2021 par Normandie Roto Impression S.A.S. à Lonrai pour le compte des éditions Zulma à Veules-les-Roses ¶ ISBN : 978-2-84304-776-3 ¶ ISSN : 2267-1803 ¶ Dépôt légal : mai 2016 ¶ N° d'imprimeur : 2105059 ¶ Imprimé en France ¶